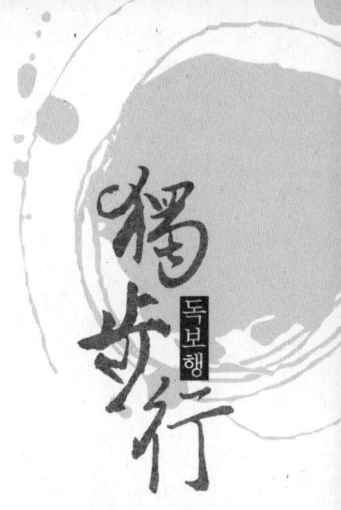

獨步行 독보행

임영기 新무협 판타지 소설

FANTASTIC ORIENTAL HEROES

독보행 1

임영기 新무협 판타지 소설

초판 1쇄 찍은 날 § 2013년 1월 24일
초판 1쇄 펴낸 날 § 2013년 1월 31일

지은이 § 임영기
펴낸이 § 서경석

편집부장 § 권태완
편집책임 § 박우진
디자인 § 신현아

펴낸곳 § 도서출판 청어람
등록번호 § 제1081-1-89호
등록일자 § 1999. 5. 31
어람번호 § 제2-23301호

주소 § 경기도 부천시 원미구 심곡2동 163-2 서경B/D 3F (우) 420-822
전화 § 032-656-4452 팩스 § 032-656-4453
http://www.chungeoram.com
E-mail § chungeorambook@daum.net

ⓒ 임영기, 2013

ISBN 978-89-251-3154-2 04810
ISBN 978-89-251-3153-5 (세트)

※ 파본은 구입하신 서점에서 교환하여 드립니다.
※ 저자와 협의하여 인지를 붙이지 않습니다.
※ 이 책은 도서출판 청어람과 저작자의 계약에 의해 출판된 것이므로,
　무단 전재 및 유포·공유를 금합니다.

獨步行 독보행

1

단목검객(檀木劍客)

임영기 新무협 판타지 소설

FANTASTIC ORIENTAL HEROES

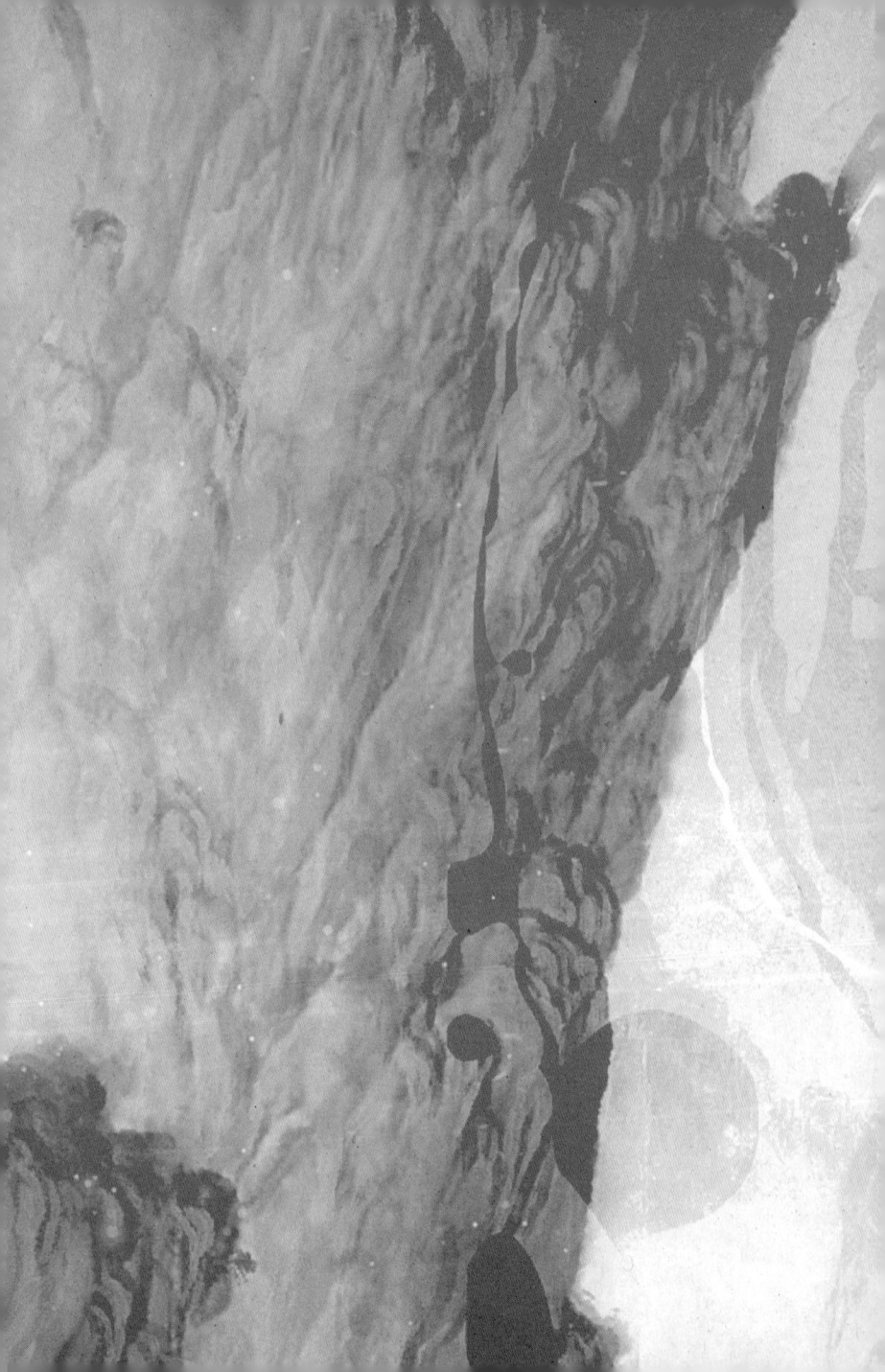

序	하산(下山)	7
제1장	대무영(大武英)	9
제2장	날개를 펴다	31
제3장	단목조(檀木組)	63
제4장	쟁천십이류(爭天十二流)	93
제5장	명협(命俠)이 되다	121
제6장	첫 전투	147
제7장	논공행상(論功行賞)	177
제8장	선행(善行)	201
제9장	목적을 정하다	231
제10장	쌍명협(雙明俠)	263
제11장	강호에 들어서다	291

하산(下山)

 마침내 대무영(大武英)은 그동안 피땀 흘리면서 연마해 오던 무예를 완성했다.
 그는 자신이 완성한 무예에 매우 만족했다. 배우고자 목적했던 무예들을 다 터득했기 때문이다.
 그래서 이 정도면 마침내 세상에 나가서 입지(立志)를 세울 수 있을 것이라고 확신했다.
 숭산(崇山)에서 삼 년, 무당산(武當山)에서 삼 년, 그리고 이곳 화산(華山)에서 이 년, 자그마치 팔 년이라는 길고도 긴 세월이었다.

처음 숭산에 올랐을 때 대무영은 겨우 열 살이었는데 지금은 어느덧 십팔 세의 당당한 소년으로 성장했다.

숭산의 소림사(少林寺)와 무당산의 무당파(武當派), 그리고 화산의 화산파(華山派)에서 각각 한 가지씩의 무예를 도합 팔 년에 걸쳐서 죽을힘을 다해 연마했다.

그는 한 가지 무예를 길게는 삼 년에서 짧게는 이 년에 걸쳐서 수억 번도 더 연마했으므로 그것들을 숨 쉬는 것보다 더 자유롭게 구사할 수 있게 되었다.

지금 그가 서 있는 곳은 화산의 여러 영봉(靈峰) 중 하나인 미류봉(彌留峰)이다.

그는 하늘을 찌를 듯한 간운폐일(干雲蔽日)의 이곳 미류봉 일대에서 지난 이 년을 보냈다.

발아래 저만치에 미류봉보다 훨씬 낮은 연화봉(蓮花峰)에 자리 잡고 있는 웅장한 규모의 화산파를 굽어보는 그의 얼굴에 새삼 감회가 어렸다.

"잘 있어라, 화산파야. 보고 싶을 것이다."

그는 마치 오랜 친구를 대하듯 나직하고 청명한 목소리로 손을 흔들어 보였다.

第一章
대무영(大武英)

화산이 끝나는 곳에서 북쪽으로 불과 삼십여 리 떨어진 곳에 위치한 화음현(華陰縣)에 한 명의 남루한 몰골의 괴인이 나타났다.
 키가 후리후리하게 크고 약간 마른 듯하면서도 어깨가 떡 벌어진 당당한 체구다.
 그러나 크고 당당한 체구에 반해서 누더기 같은 얇은 옷을 입었으며 발에는 아무것도 신지 않은 맨발이다.
 동짓달이 얼마 남지 않은 섬서성의 날씨는 밤새 얼음이 얼 정도로 춥다.

그런데도 이 괴인은 얇은 여름옷을, 그것도 여기저기 찢어진 너덜너덜한 것을 입고 있으며, 더군다나 맨발에 칡으로 얼기설기 엮은 거친 신발을 신은 채 거리의 얼어붙은 맨땅을 성큼성큼 걸어가고 있다.

번화한 거리를 종종걸음으로 오가는 많은 사람들은 두툼한 솜옷이나 누비옷 등 겨울옷을 입고서도 춥다면서 옷깃을 세우고 몸을 잔뜩 웅크렸다.

하지만 정작 이 괴인은 조금도 춥지 않은 듯 허리를 꼿꼿하게 세우고 활기차고 씩씩하게 걷고 있다.

오랫동안 자르지도 다듬지도 않아서 치렁치렁하게 긴 머리카락은 허리에 이르고, 코밑과 입 주위에 수염이 덥수룩해서 말 그대로 괴인처럼 보이는 몰골이다.

그는 다름 아닌 이른 아침에 화산 미류봉을 출발한 대무영이다.

화산 미류봉에서 이 년 동안 자신의 모습은 전혀 돌보지 않고 무예 연마에만 몰두했기에 이런 몰골이 된 것이다.

그는 아침에 미류봉을 출발하여 한시도 쉬지 않고 줄곧 달려와서 정오를 반 시진쯤 남겨둔 시각에 이곳 화음현에 도착했다.

화음현은 이 지역 백여 리 일대에서는 가장 크고 번성한 곳이며 인구가 삼십만에 이를 정도의 큰 현이다.

대무영은 열 살 이후로는 줄곧 산에서만 살았다. 화음현 남쪽 삼십여 리에 위치한 화산에서 이 년 동안 지냈으면서도 이곳 화음현에 온 것은 지금이 처음이다.

그는 눈에 띄는 모든 것이 신기한 듯 거리 양쪽을 구경하느라 연신 두리번거리면서 걸어갔다.

거리에는 각양각색의 사람들이 많았고 특히 어깨나 허리에 번쩍이는 도검을 휴대한 무사들의 모습이 많이 눈에 띄었다.

현재는 무림 전체가 최고의 전성기를 구가하고 있는 시절이라서 예전에 비해 몇 배나 많은 무사나 고수들이 천하 곳곳을 활보하고 있었다.

대무영은 거리를 걸으면서 그저 아무 생각 없이 구경만 하고 있는 것이 아니었다.

그는 열 살의 어린 나이에 산에 들어가서 열여덟 살이 된 이제야 하산했으므로 세상 물정에 대해서는 거의 모른다고 해도 과언이 아니다.

그래서 지금 그는 세상 사람들이 어떻게 살아가고 있는지 관찰하고 있는 중이다.

앞으로 그는 더 이상 산에 들어가지 않고 세상에 섞여서 살 것이기 때문에 세상 사람들이 어떻게 살아가는지 잘 알아두어야 어려움 없이 세상살이를 할 수 있을 터이다.

특히 그는 강호(江湖)로 진출할 생각이다. 그가 팔 년 동안이나 이 산 저 산 옮겨 다니면서 산사람처럼 척박하게 살며 무예를 연마한 목적은 오로지 강호 사람, 즉 강호인(江湖人)이 되기 위해서였다.

이제 그는 최초에 목표로 삼았던 세 가지 무예를 스스로 생각하기에도 완벽하게 터득했기 때문에 강호인이 되는 것은 그다지 어렵지 않을 것이라고 낙관했다.

무예를 모르는 사람은 일반 백성, 무예를 할 줄 아는 사람은 강호인이라고 생각하는 대무영이다.

그래서 그는 일반 백성에서 강호인의 신분으로 도약하고 싶은 것이나.

"과연 화음현은 사람도 많고 번화하구나."

그는 거리 끝에서 끝까지 구경하고 난 후에 멈춰 서서 지나온 거리를 뒤돌아보며 감탄을 터뜨렸다.

화음현에서 가장 번화한 대로를 끝까지 걸으면서 둘러보고 그가 느끼고 배운 것은 여러 가지다.

그중에서도 가장 중요한 한 가지를 꼽으라면 단연 돈[錢]의 필요성이라고 할 수 있다.

팔 년 전 처음 숭산에 들어가기 전에도 그는 세상에서 돈이 매우 중요하다는 것을 알고 있었다.

더욱이 그의 집은 지독하게도 가난했기에 어린 나이에도

돈이라면 한이 맺혔을 정도다.

'우선 돈을 좀 벌어야겠군.'

그는 거리의 많은 사람이 돈을 내고 물건을 사는 것을 보고 돈이 없으면 한 발도 움직이지 못한다는 것을 새삼 깨달았다.

그래서 강호인이 되기 이전에 의식주를 해결하고 여비로 쓸 돈부터 마련해야겠다고 판단했다.

'일거리를 찾아야겠다.'

노력을 해야만 돈을 벌 수 있다는 것쯤은 알고 있는 그는 마땅한 일거리를 찾기 위해 지나온 거리 쪽으로 다시 걸어가기 시작했다.

화음현이 꽤 큰 현이기는 하지만 이런 변방에 치우친 곳은 자신이 뿌리를 내릴 곳이 아니라고 그는 생각했다.

그의 최종 목적지는 하남성(河南省)의 낙양(洛陽)이나 개봉(開封) 같은 최고로 번화한 대성(大城)이다.

그런 곳쯤 돼야 그의 큰 포부를 마음껏 펼칠 수 있을 것이기 때문이다.

세상 사람들이 낙양과 개봉을 중심으로 주위 삼백여 리 일대를 중원(中原)이라고 부르는 데에는 다 그만한 이유가 있을 터이다.

돈을 버는 일이 마음먹은 것처럼 녹록하지 않다는 사실을 대무영이 깨닫는 데에는 채 한 시진도 걸리지 않았다.

한 시진 동안 그는 거리 양쪽에 죽 늘어서 처마를 맞대고 있는 주루나 여러 가게를 일일이 찾아다니면서 일하는 사람이 필요한지 알아봤으나 모두 하나같이 손을 내젓거나 심한 경우에는 문전박대를 했다.

그러고 나서 그는 깨달은 것이 있다. 자신의 몰골이 너무나 남루하고 괴인 같아서 보는 사람의 눈을 찌푸리게 만든다는 사실이었다.

옷이나 신발은 돈이 있어야 살 수 있지만 머리카락과 수염은 지금이라도 어떻게든 할 수 있을 것 같았다.

더구나 그는 목욕을 하지 않은 지가 너무 오래돼서 옷 밖으로 드러난 얼굴이나 손발이 까마귀처럼 새카맸다.

뿐만 아니라 자신이 냄새를 맡아봐도 몸과 옷에서 퀴퀴한 악취가 풍겼다.

이런 몰골로는 그가 가게의 주인이라고 해도, 설혹 사람이 필요한 상황에서도 써주지 않을 것 같았다.

그는 일단 현의 북쪽을 흐르고 있는 강으로 갔다. 그곳은 강이라기보다는 조금 큰 시냇물 정도였으며, 그곳에서 그는 또 다른 광경을 발견했다.

시냇가 양쪽에 허름한 움막들이 게딱지처럼 다닥다닥 붙어 운집해 있었다.

현 내의 화려한 광경하고는 판이하게 이곳에서는 찌든 가난과 궁핍의 기운이 물씬 풍겼다.
 현 내의 번화하고 풍족한 곳이 양지라면, 이곳은 가난과 찌들음이 만연한 음지였다.
 한낱 시골의 일개 현에서도 볼 수 있듯이 세상은 크게 양지와 음지로 구분되어 있는 것이다.
 예전 모친이 돌아가시기 전에 대무영은 이런 형편없는 움막에서 살았다.
 그는 시냇가의 움막들을 보면서 옛날 가난에 찌들었던 자신의 생활이 생각나서 절로 기분이 우울해졌다.
 그렇기 때문에 그는 무슨 수를 써서라도 강호인이 되어 양지의 세계로 가고 싶은 것이다.
 그는 물가로 내려가 품속에서 한 자루 단검을 꺼냈다. 그가 지니고 있는 몇 안 되는 물건 중에서 그래도 값어치 나가는 것은 오직 이 단검 하나뿐이다.
 그것은 그가 아홉 살 때 돌아가신 모친이 준 것인데, 친아버지를 찾을 수 있는 유일한 단서라고 했다.
 그것은 평범한 단검이며 한 뼘 반 정도 길이에 특징이라고는 전혀 없다.
 다만 바람도 벨 수 있을 정도로 칼날이 날카롭게 벼려져 있다는 것과 손잡이에 '무영(武英)' 이라는 투박한 두 글자만 양각(陽刻)되어 있었다.

돌아가신 모친의 말로는 아버지는 무사였으며 만삭인 아내 곁을 떠나면서 이 단검을 주었다고 한다.

그래서 모친은 아들을 낳은 후 단검 손잡이에 새겨진 '무영'을 아들의 이름으로 지었다.

또한 모친의 말에 의하면, 아버지는 '강호가 부른다'고 말하고는 떠났다는 것이다.

대무영이 무예를 익히려고 팔 년 동안이나 한 마리 산짐승처럼 아등바등하면서 살았던 이유는 두 가지다.

첫째는 무사로서 성공하는 것이고, 둘째는 그의 이름이 강호에 널리 퍼져서 운이 좋으면 아버지를 만날 수 있지 않을까 하는 것이다.

그는 단검으로 치렁치렁한 머리카락을 미련없이 잘라서 더벅머리로 만들었다.

잘 다듬으려고 해봤으나 단검으로 자르면 자를수록 이상한 모습이 돼가는 것 같아서 그만두었다.

그리고 손으로 더듬어가면서 코와 입 주위의 수염을 파르라니 밀어버렸다.

단검이 워낙 잘 들어서 수염을 깎는 데 어려움이 없었으나 그 덕분에 몇 군데 베어서 작은 상처가 생겼다.

이후 그는 시냇물의 상류 쪽으로 올라가서 움막과 인적이 없는 곳에서 옷을 훌훌 벗고 알몸으로 물에 뛰어들어 나름대로 깨끗이 목욕을 했다.

사람이 초겨울에, 그것도 이런 북방 지역에서 차디찬 시냇물에 뛰어들어 목욕을 하는 광경은 절대로 쉽게 볼 수 있는 것이 아니다.

이따금 둑길로 지나가는 사람들이 그 광경을 보고는 헛것을 본 양 크게 놀라서 눈을 비벼댔다.

하지만 대무영은 추운데도 불구하고 억지로 객기를 부리는 것이 아니다.

단지 냄새와 때로 더께가 생긴 몸뚱이를 깨끗이 씻으려는 것뿐이다.

추운 것은 모르겠고 조금 찬 정도이며, 몸을 문지르다 보니 시원해졌다.

허리까지 차는 물속에 우뚝 서서 씻는 그의 건장한 몸에서는 무럭무럭 허연 김이 뿜어졌다.

넓고 딱 벌어진 어깨와 가슴, 팔뚝은 잘 발달되었고 멋들어진 근육질로 이루어졌다.

그뿐 아니라 양쪽 옆구리와 배도 근육질이어서 뚜렷하게 임금 왕(王) 자가 새겨져 있다.

또한 탄탄한 허벅지와 보통 사람보다 훨씬 긴 다리도 여러 근육이 근사한 조화를 만들어냈다.

또다시 한 시진 동안 현 내를 돌아다닌 이후에 대무영은 두 번째로 실망했다.

머리카락을 짧게 자르고 깨끗이 면도를 했으며 찬 시냇물에 목욕까지 했는데도 그는 이십 군데가 넘는 가게에서 퇴짜를 맞았다.

그래서 그는 또 다른 사실 하나를 깨달았다. 자신이 퇴짜를 맞은 이유가 더러운 몰골도 몰골이지만 사람 사는 세상에서 돈을 번다는 것이 꽤나 어렵다는 사실이다.

늦은 오후 무렵까지도 일자리를 얻지 못한 그는 실망을 금치 못하고 거리를 터덜터덜 걷고 있었다.

오늘 이곳 화음현 거리를 도대체 몇 차례나 왕복하고 있는지 셀 수도 없을 정도다.

그런데 거리 중간쯤 걷고 있을 때 대무영의 시선이 한곳으로 향했다.

그곳에는 꽤 많은 사람이 담벼락 앞에 모여서 무언가를 보며 수군거리고 있었다.

눈에 불을 켜고 일자리를 찾고 있는 대무영이 그곳을 그냥 지나쳤을 리가 없다.

그는 이미 그곳에 가봤었다. 그런데 담벼락에 큼지막한 종이, 즉 방(訪)이 붙어 있고 거기에는 깨알 같은 글씨가 잔뜩 적혀 있었다.

하지만 글을 모르는 대무영은 멀뚱히 쳐다보다가 발길을 돌렸었다.

그의 발길이 사람들이 모여 있는 담벼락 쪽으로 향했다. 이제는 딱히 가볼 만한 가게도 없는데다 혹시 담벼락에 붙은 방이 일자리를 모집하는 것일 수도 있다는 한 가닥 희망이 생겨서였다.

이십여 명이 모여서 방을 보고 있는데 키가 큰 대무영은 뒤에 서서도 잘 보였다.

하지만 글을 모르는 까막눈이 방을 봐서 무엇 하겠는가. 그래서 오른쪽에서 방을 보고 있는 네모나고 각진 얼굴의 이십대 중반의 청년 무사에게 넌지시 물었다.

"저기에 뭐라고 적힌 것이오?"

청년 무사는 대무영을 힐끗 보더니 다시 방으로 시선을 주고는 귀찮은 듯 대꾸했다.

"오룡방(五龍幇)에서 무사를 모집한다는 걸세."

대무영은 귀가 번쩍 틔어 반색했다.

"무사 모집이오? 몇 명이나 모집한답니까?"

가게의 점원 따위보다는 방파에서의 무사가 훨씬 녹봉이 좋을 것이다.

더구나 강호로 진출하려는 대무영에게는 더할 나위 없이

좋은 직업이다.

그러므로 그는 무슨 수를 써서라도 오룡방의 무사로 들어가고 싶었다.

"다섯 급, 백 명 모집이네."

거리의 수십 군데 가게에서 퇴짜를 맞은 쓰라린 경험이 있는 대무영은 많이 조심스러워졌다.

과연 저런 근사하고 번듯한 일자리에 자신이 들어갈 수 있을까 하는 걱정이 앞섰다.

그렇지만 만약 되기만 한다면 그 어떤 일자리보다도 멋진 일이 될 터이다.

제대로 된 방파에서 무사 노릇을 하는 것이야말로 그가 바라던 일이 아닌가.

더구나 백 명이나 모집한다면 잘만 하면 자신도 채용될 수 있을 것 같다는 생각이 들었다.

또한 대무영은 어떤 일을 목전에 두고 쭈뼛거리거나 지레 포기하는 성격이 아니다.

일단 부딪쳐 보고 전력을 다한다. 전력을 다해 안 되어도 포기하지 않는다.

자고로 사람이 하는 일이란 자신도 할 수 있다고 굳게 믿고 있기 때문이다.

"돈은 얼마나 준답니까?"

그는 낙양이나 개봉까지 갈 약간의 여비가 필요했다. 얼마나 들지 모르지만 오십 냥 정도 있으면 충분하지 않을까 생각했다.

그가 산에 들어가기 전 어린 시절의 한 냥은 어마어마하게 큰돈이었다.

어린 시절의 그는 한 냥도 손에 쥐어본 적이 극히 드물었다. 물론 구리 돈으로 말이다.

"먹여주고 재워주고 매월 녹봉 닷 냥일세."

한 달에 겨우 닷 냥을 준다는 말에 대무영은 실망을 금치 못했다.

그렇게 적은 액수면 방파에서 숙식을 해결해 준다고 해도 낙양까지 갈 여비 오십 냥을 모으려면 한 푼도 쓰지 않고 열 달을 버텨야 한다.

그때 왼쪽의 또 다른 청년 무사가 대무영을 보며 빙그레 미소를 지었다.

"녹봉으로 은자 닷 냥이면 많지도 적지도 않은 적당한 수준이니 한번 응해보는 것이 어떻겠소?"

"으, 은자요?"

대무영은 너무나 놀라서 자신도 모르게 소리를 버럭 질렀다.

동그란 얼굴에 턱에만 짧은 수염을 기른 사람 좋아 보이는 인상의 이십대 초반의 청년은 미소 지으며 고개를 끄떡였다.

"그렇소. 설마 무사 녹봉으로 구리 돈 닷 냥을 주는 방파가 어디에 있겠소?"

"그, 그렇군요."

대무영은 자신이 오룡방의 무사로 채용된 것이 아닌데도 은자 닷 냥이라는 말만 듣고는 안심이 되면서 기분이 한결 좋아졌다.

"그런데 은자 한 냥이면 얼마나 되오?"

은자는 구경해 본 적도 없는 대무영이다.

"은자 한 냥이 구리 돈 삼십 냥이오."

그렇다면 오룡방의 무사로 채용되면 매월 녹봉으로 구리 돈 백오십 냥을 받게 될 것이라는 얘기다.

그렇다면 한 달만 무사 노릇을 하면 낙양으로 갈 여비의 세 배를 벌 수 있다.

둥근 얼굴의 청년이 넌지시 말했다.

"나는 저기에 한번 응해보려고 하는데 형씨는 어떻소?"

"물론이오. 나도 하겠소."

대무영은 고개를 끄떡이며 힘차게 대답했다.

그러자 그가 처음에 물어봤던 각진 얼굴의 청년이 가소롭다는 듯이 대무영의 아래위를 훑어보다가 어깨에 대롱대롱 매달려 있는 목검(木劍)에 시선이 고정되었다.

"하하! 그 목검이 자네 무기인가? 오룡방에선 무사를 모집하려는 것이지 장난을 하자는 게 아닐세."

그러나 대무영은 그의 비웃음을 알아듣지 못했는지 자신의 목검을 자랑스럽게 툭툭 쳐 보였다.

"하하하! 요번에 새로 장만한 박달나무로 만든 목검인데 꽤 쓸 만하오!"

얼굴이 둥근 청년은 각진 얼굴의 청년이 대무영을 비웃는다는 것을 알고 대무영의 팔을 잡아끌었다.

"형씨, 우리 오룡방에 함께 갑시다."

"그래 주겠소? 나는 이곳이 초행이라 길을 모르오."

두 사람 뒤에서 각진 얼굴의 청년이 터뜨리는 비웃음이 울려 퍼졌다.

"푸핫핫핫! 저따위 놈이 무사 행세를 하다니 이젠 개도 무사를 하겠구나!"

그 청년은 대무영이 산중의 늑대나 곰, 호랑이 따위의 맹수를 목검으로 급소를 가격해서 단 한 방에 즉사시켰다는 사실을 꿈에서조차 모를 것이다.

"그런 말은 마음에 두지 마시오."

"무슨 말이오?"

두 사람이 거리를 나란히 걸어가고 있는데 둥근 얼굴의 청년이 위로를 했다.

"조금 전 그 사람이 했던 말 같은 것은 잊어버리시오."

대무영은 환하게 미소 지었다.

"나는 제대로 듣지도 못했소. 내 귀는 좋은 말만 골라서 듣는다오."

둥근 얼굴의 청년은 새삼스럽게 대무영을 다시 쳐다보다가 걸음을 멈추고 정중하게 포권을 취했다.

"나는 섬서 정변(靖邊)이라는 시골에서 온 용구(勇丘)라 하오."

대무영도 걸음을 멈추고 마주 포권을 취했다.

"나는 호북(湖北) 정항(靖港)이라는 작은 마을에서 온 대무영이오."

"이제 보니 대 형(大兄)이었군요."

"용 형."

두 사람은 거리 한복판에서 서로에게 포권을 하면서 환하게 미소 지었다.

더벅머리에 거의 맨발이나 다름이 없는데다 남루하기 짝이 없는 누더기를 입고 도검도 아닌 목검을 하나 어깨에 달랑 멘 대무영.

그보다는 조금 낫지만 세상의 눈으로 볼 때 허름한 가난뱅이 차림에 평범한 장검 한 자루를 메고 있는 용구가 마치 강호의 무사들처럼 서로 포권을 하면서 거리 한복판에 마주 보고 서 있는 모습은 보는 이들로 하여금 어이없는 실소와 함께 눈살을 찌푸리게 만들었다.

그런데도 만나자마자 의기상투한 대무영과 용구는 아랑곳하지 않고 희색만면하여 앞으로 좋은 친구가 되자고 두 손을 맞잡고 흔들어댔다.

"하하! 이거 내가 조금 손해인 것 같소."

용구가 해맑게 웃자 대무영이 의아한 표정을 지었다.

"왜 그렇소?"

"대 형의 성이 큰 대(大) 자이니 큰형님이 아니더라도 대형이라고 불러야 하지 않소?"

"하아, 그렇군요."

대무영은 진지한 표정을 지었다.

"그렇다면 무영이라고 이름을 부르시오."

"아니오. 웃자고 해본 소리에 뭘 그렇게 정색을 하시오."

"웃기는 얘기였소?"

"아니… 그런 건 아니지만……."

용구는 대무영이 워낙 순진무구해서 농담마저도 진담으로 받아들이는 바람에 애를 먹었다.

두 사람은 다시 나란히 걷기 시작했다. 용구도 화음현은 초행이라서 이 사람 저 사람에게 물어가면서 오룡방으로 향했다.

"여어! 무영 아니냐?"

두 사람이 대화를 하면서 걷고 있을 때 누군가 밝은 목소리로 대무영에게 아는 체를 했다.

앞쪽에서 네 명의 청년이 나란히 보무도 당당하게 마주 걸어오고 있는데 대무영을 보고 손을 흔드는 등 반가운 표정을 지었다.

네 청년은 멋들어진 황의 경장을 입었으며 이마에는 푸른색 문사건을 두르고 비단신에 어깨에는 눈부시게 빛나는 장검을 메고 있다.

그들의 옷차림은 한눈에도 모든 사람의 선망의 대상인 화산파 제자의 모습이었다.

황의 경장에 푸른색 문사건은 그들이 화산파 속가(俗家) 삼대제자라는 뜻이다.

대무영은 그들을 발견하고 반가운 표정으로 다가가서 포권을 했다.

"사형들이시군요!"

"무영아, 네가 여긴 웬일이냐?"

"하하하! 머리를 자르니까 딴사람이로구나!"

대무영과 네 명의 화산파 제자는 거리 한복판에서 마치 오랜 친구처럼 화기애애하게 대화를 나누었다.

용구는 대무영이 쟁쟁한 화산파 제자들과 서로 격의 없이 대화를 하는 것을 보고 놀랍고도 신기해서 멀뚱거리며 쳐다볼 뿐 그들의 대화에 감히 끼어들지 못했다.

그러나 사실 대무영은 화산파에서 가까운 미류봉에서 이 년 동안이나 지내다 보니 화산파 제자들하고 자주 마주치게 되어 친하게 된 것이다.

또한 거의 대부분 대무영보다 나이가 많아서 '사형'이라고 친근하게 부르게 되었을 뿐이다.

이윽고 대무영이 화산파 제자들과 헤어져 혼자가 되자 용구는 크게 놀라는 표정으로 다가왔다.

"대 형, 이제 보니 화산파 제자였군요."

대무영은 웃으며 손을 저었다.

"나는 화산파 제자가 아니오."

"그런데 방금 그들은 화산파 제자들인 것 같은데……."

"그냥 좀 아는 사이일 뿐이오. 어서 갑시다."

대무영은 해맑게 웃으면서 갈 길을 재촉했다.

第二章
날개를 펴다

대무영과 용구가 서둘러서 찾아갔음에도 오룡방에는 이미 대략 오십여 명가량의 무사가 모여 있었다.

오룡방에서는 열흘 동안 백 명의 무사를 모집하는데 오늘이 구 일째이며, 그동안 이미 구십오 명이 뽑혔고 남은 인원은 다섯 명뿐이라고 한다.

다섯 명을 뽑는데 오늘 오십여 명이 모였으니 십 대 일의 대단한 경쟁이다.

더구나 악재가 겹쳤다. 다섯 직급을 뽑는데 하위직은 다 뽑혔으며 남은 직급은 다섯 직급 중에서 삼급(三級)에 속하는 전투무사(戰鬪武士) 한 명, 조장(組長) 두 명, 그리고 호위무사(護衛武士) 두 명, 도합 다섯 명이다.

전투무사를 제외하곤 매우 어려운 직급만 남았다. 원래 백 명 모집에 조장은 세 명, 호위무사는 두 명인데 지난 구 일 동안·조장은 한 명밖에 뽑히지 않았으며 호위무사는 한 명도 뽑히지 않았다는 것이다.

그러니 조장과 호위무사를 뽑는 시험이 얼마나 어려울지 짐작조차도 할 수가 없다.

무사를 선발하는 매우 너른 마당의 한쪽 전각 앞에는 세 개의 팻말이 나란히 세워져 있으며 거기에 오늘 뽑게 될 세 직급이 적혀 있었다.

자신이 채용되기를 원하는 직급이 적힌 팻말 앞에 가서 서면 시험관이 몇 가지 시험을 거쳐서 응시자의 당락을 결정하게 된다.

그나마 오늘 선발할 직급 중에서는 방파 외부에서의 싸움만을 전문으로 하는 전투무사가 제일 쉬운 편이라서 그 팻말 앞에 사십여 명의 응시자가 대거 몰려 있다.

그렇지만 단 한 명만을 뽑기 때문에 사십대 일의 엄청난 경쟁이다.

조장 팻말 앞에는 십여 명의 무사가 모여 있기는 한데 그들 중 대다수가 한 명만을 뽑는 전투무사의 치열한 경쟁률에 억

압을 받아서 할 수 없이 밑져야 본전이라는 생각으로 그 앞에 선 것이다.

더구나 가장 오른쪽의 호위무사 두 명을 뽑는 팻말 앞에는 단 한 명도 서 있지 않고 텅 비어 있다.

이번에 오룡방에서 모집하는 다섯 직급 중에서 호위무사가 가장 높은 직급이다.

단 두 명을 뽑는데 지난 구 일 동안 한 명도 뽑히지 않았으니 그 어려움이야 두말하면 잔소리다.

대무영은 용구에게 이끌려서 전투무사를 선발하는 대열의 끄트머리에 섰다.

대무영은 오룡방 무사에 채용만 되면 한 달 녹봉이 구리 돈 백오십 냥이나 된다고 하기에 어느 팻말에 서든 상관이 없다는 생각이다.

무사들이 도착한 순서대로 서기 때문에 늦게 도착한 두 사람은 끝에 설 수밖에 없었다.

만약 두 사람 차례가 오기도 전에 앞쪽에서 전투무사가 선발되는 일이 벌어진다면 포기하고 발길을 돌려야만 하는 상황이다.

무사 선발장의 분위기를 두루 살펴보고 또 용구에게 자세한 설명을 듣고 난 대무영은 조장 쪽 팻말을 힐끗거렸다.

"대 형, 왜 그러시오? 조장 시험을 치르고 싶소?"

"그게 아니라 전투무사는 한 명만 뽑기 때문에 나하고 용형이 함께 뽑힐 수가 없잖소?"

대무영의 말인즉 조장은 두 명을 뽑으니까 자신과 용구가 그쪽에 시험을 봐서 함께 뽑히자는 것이다.

그의 아무것도 모르는 순진한 말에 용구는 펄쩍 뛰면서 손과 고개를 함께 내저었다.

"내 실력은 워낙 보잘것없어서 전투무사보다 하위직인 호정무사(戶庭武士)나 내근무사(內勤武士)에 적합하오. 전투무사도 합격할 자신이 없는데 조장이라니 그런 말 마시오."

무사 시험에 합격하는 것은 그날의 운 같은 것이 아니라 순전히 실력에 의해서다.

대무영은 용구의 무술 실력이 조장 시험에 미치지 못한다는 말에 더 이상 강요할 수가 없었다.

그나저나 전투무사 시험 과정을 지켜보던 대무영은 은근히 걱정이 되기 시작했다.

앞쪽에서 줄줄이 시험에 탈락한 무사들이 풀 죽은 모습으로 떠나가는 것을 보니 시험이 꽤나 어려운 것 같았으며 실제 보기에도 그렇게 보였기 때문이다.

그런데 그런 걱정도 잠시 후에는 접을 수밖에 없는 상황이 돼버렸다.

앞선 무사 중에서 전투무사가 뽑혔기 때문에 뒤에 서 있던 무사들은 포기해야만 하는 처지가 된 것이다.

"우리 운이 여기까지인 모양이오. 돌아갑시다."

용구가 씁쓸한 얼굴로 발길을 돌리려고 하자 대무영은 다시 조장 팻말 쪽을 쳐다보았다.

"저기 가봅시다."

"어이구! 오르지 못할 나무는 아예 올려다보지도 맙시다! 저긴 우리 수준이 아니오!"

용구는 질색을 하면서 열흘 삶은 호박에 이빨도 들어가지 않는다는 표정을 지었다.

대무영은 할 수만 있으면 용구하고 함께 뽑히면 좋겠지만 그가 포기한다고 자신도 포기할 수는 없다. 그는 그이고 나는 나인 것이다.

더구나 대무영은 막바지에 몰려 있다. 여기에서 채용되지 못한다면 굶는 것은 당연한 일이고 길바닥에서 자야만 하기 때문이다.

그렇다고 다시 화산으로 돌아갈 수는 없다. 부푼 꿈을 안고 한번 떠났는데 어찌 다시 돌아간단 말인가.

더구나 하산한 첫날에 첫 번째로 마주친 일을 실패한다면 장차 강호로 진출하여 이름을 떨치는 일은 더욱 어려워질 것이다.

조장 시험이 얼마나 어려운지는 모르지만 그는 최선을 다할 뿐이다.
 그래서도 떨어진다면 어쩔 수 없는 일이다. 실력이 모자라서 떨어진 것을 통감하고 다시 산으로 돌아가서 무예 연마를 더 하든지 다른 방책을 내야만 할 터이다.

 조장 팻말 앞에 섰던 십여 명이 다 실패를 하고 반 시진 만에 대무영 차례가 왔다.
 용구는 돌아가지 않고 마당 한쪽에 서서 기다리고 있는 중이다.
 대무영이 조장 시험에서 떨어지면 함께 돌아갈 생각인 듯했다.
 그는 당연히 대무영이 떨어질 것이라고 예상했다. 아무리 좋게 봐줘도 대무영의 실력은 용구 자신보다 훨씬 하수 같았기 때문이다.
 조장 팻말 너머에는 한 명의 흑의 경장을 입은 삼십오 세 정도의 인물이 의자에 꼿꼿한 자세로 앉아 있었다.
 그는 오룡방의 최상위 조직인 네 개의 단(壇) 중에서 흑룡단(黑龍壇)의 단주이며, 자신의 단 휘하에 있는 세 개의 향(香)에 필요한 조장 두 명을 선발하기 위해서 직접 시험관으로 나섰다.

흑룡단주는 다부진 체구에 짧은 수염을 길렀으며 부리부리한 호랑이를 닮은 눈을 지녔다. 심지가 매우 굳고 과묵한 성격인 듯했다.

"조장 선발 시험에 응시하는가?"

"그렇소."

흑룡단주가 카랑카랑한 목소리로 묻자 대무영은 고개를 끄떡이고는 성큼 앞으로 나섰다.

"조장 선발은 세 개의 시험을 통과해야만 한다. 첫 번째 시험은 경공이다."

대무영은 흑룡단주가 자신을 겉모습만으로 깔보지 않는다는 점이 마음에 들었다.

흑룡단주는 원래 길이의 반의반으로 자른 향을 모래가 담긴 그릇에 꽂았다.

"이 향이 다 타기 전에 저기 보이는 깃발까지 달려갔다 이곳으로 돌아와야 한다."

대무영은 흑룡단주가 가리키는 마당 끝의 깃발을 쳐다보면서 거리를 가늠해 보았다.

깃발까지는 정확하게 이백오십 장이며 왕복 오백 장(약 1,650m)의 매우 긴 거리다.

또한 향 하나가 타는 시각은 일각(약 15분)이고, 향을 절반에서 또 반으로 잘랐으니 사분의 일각(약 3분 45초) 안에 갔다

와야 하는 것이다.

앞선 십여 명의 응시자 중에서 첫 번째 시험을 통과한 사람은 세 명이었다.

그중에서 한 명이 두 번째 시험까지 통과했으나 세 번째에서 실패하고 말았었다.

대무영은 오른쪽의 호위무사 팻말 쪽을 힐끗 쳐다보았다. 그곳에는 응시자가 없어서 시험관은 일찌감치 안으로 들어가 버린 듯했다.

"호위무사 시험을 보겠는가?"

흑룡단주의 물음에 대무영은 고개를 가로저었다.

"아니오."

자신이 호위무사 시험을 보겠다고 하면 시험관을 불러와야 하는데 그것이 번거로울 것 같았다.

전투무사든 조장이든 일단 채용돼서 녹봉 은자 닷 냥을 받는 것이 목적이니 어떤 직급을 보든 상관이 없다는 생각이다.

"저기에 서라."

흑룡단주가 손가락으로 가리킨 곳에는 땅바닥에 일직선으로 선이 그어져 있었다.

대무영은 선 안쪽에 우뚝 서서 저 멀리 이백오십 장 밖의 깃발을 바라보았다.

흑룡단주는 대무영이 달릴 자세를 취하기를 기다렸으나

그가 뻣뻣하게 서 있기만 하자 향에 불을 붙이면서 짧게 외쳤다.

"출발!"

대무영은 외침을 듣자마자 깃발을 향해 힘차게 달리기 시작했다.

그는 지난 팔 년 동안 천하에 험준하기로 소문난 숭산과 무당산, 화산에서 생활하며 가파른 산비탈이나 깊은 골짜기, 높은 산봉우리를 평지처럼 뛰어다녔다.

무예 연마를 위한 것도 있지만 먹을 것, 특히 산짐승을 잡기 위해서는 달리는 것이 주된 일이었다.

매복하거나 덫을 놓기도 했으나 몸과 다리를 튼튼하게 만들고 특히 달리는 훈련을 하려는 목적으로 될 수 있으면 달려서 산짐승을 잡았다.

그렇기 때문에 그는 경공은 모르지만 웬만한 경공 쯤 쪄 먹을 정도로 빠르고 지구력 또한 강하다.

용구는 대무영이 첫 번째 시험을 통과할 것이라고는 기대하지 않았으나 그래도 긴장된 표정으로 눈을 크게 뜨고 지켜보았다.

대무영은 처음에는 힘차게 전력으로 달렸으나 곧 안정된 자세와 규칙적인 보폭으로 달렸다. 그는 경공을 배운 적이 없기 때문에 순전히 두 다리의 힘과 말보다 더 튼튼한 심장과

폐의 힘으로 달렸다.

척!

그가 깃발을 돌아서 출발선에 도착하자마자 흑룡단주는 향을 쳐다보았다.

"통과."

향은 밑동이 아주 조금 남은 상태에서 타고 있었다.

사실 대무영이 전력을 다해서 달렸다면 향이 절반도 타기 전에 도착할 수 있었을 것이다.

하지만 구태여 그럴 필요가 없기 때문에 향이 타는 시각에 맞춰서 적당히 달렸다.

용구는 대무영이 첫 번째 시험을 통과한 것이 제 일이나 되는 것처럼 기뻐하며 펄쩍펄쩍 뛰면서 함성을 질렀다.

시험을 주재하는 무사들이 주의를 줘서야 용구는 겨우 조용해졌다.

두 번째는 본격적인 무술 시험으로써 폭 이 장, 길이 오십 장의 관문을 통과하는 것이다.

관문의 처음 이십오 장은 양쪽에서 열 명의 궁수가 쏘아대는 화살을 피하는 것이다.

그리고 다음 이십오 장에서는 관문 안에 일정한 간격으로 서 있는 다섯 명의 전투무사의 공격을 뚫고 관문 끝까지 도달하면 된다.

물론 궁수들이 쏘는 화살에는 화살촉 대신 뭉툭한 솜뭉치가 부착되었다.

거기에 먹물을 듬뿍 찍어서 쏘아 응시자의 몸에 한 발이라도 맞거나 빗맞아도 탈락이다. 궁수가 열 명이며 한 명에 한 발씩 도합 열 발을 쏘게 된다.

관문 후반의 다섯 명의 전투무사는 오룡방 흑룡단 휘하의 백전노장들이다.

그들은 모두 목검을 지니고 있으며 응시자는 그들을 쓰러뜨리거나 공격을 피하거나 여하튼 무슨 방법을 쓰든 관문의 끝까지 도달하기만 하면 통과다.

대무영이 관문의 출발선에 우뚝 서자 열 명의 궁수와 다섯 명의 전투무사가 위치를 잡고 준비했다.

대무영은 이번에도 관문으로 뛰어들 자세를 취하지 않았으며 어깨의 목검도 손에 쥐지 않았다.

그의 그런 태연자약한 모습은 마치 두 번째 시험을 포기하려는 것 같기도 하고 관문을 우습게 여기는 것 같기도 했다.

흑룡단주는 첫 번째 경공 시험에서 대무영이 자세를 잡지 않았다는 사실을 한 차례 경험했기 때문에 이번에는 기다리지 않았다.

"출발."

휙!

흑룡단주의 '출발'이라는 말이 떨어지기가 무섭게 대무영은 출발선을 박차고 관문 안으로 몸을 날렸다.

자세도 잡지 않고 우두커니 서 있다가 '출발'이라는 구호가 떨어지기 무섭게 쏜살같이 관문 안으로 달려 들어가는 그를 보고 오룡방의 무사들은 어떻게 저럴 수 있는지 의아한 표정을 지었다.

관문 양쪽 오 장 거리에서 이 열로 나란히 늘어서서 활시위를 팽팽하게 당기고 있던 열 명의 궁수는 대무영을 겨냥하고 활시위를 놓을 시기를 가늠하고 있었다.

그러나 열 명의 궁수는 한순간 하나같이 멍한 표정을 지어야만 했다.

표적인 대무영을 겨냥하고 있었으나 그가 상상 이상의 속도로 쏜살같이 자신들 앞을 스쳐 지나갔기 때문이다.

투우, 투투투우.

그들은 뒤늦게 화살을 마구 쏘아댔으나 대무영은 이미 관문의 후반부에 도달했고, 열 발의 화살은 모조리 그의 뒤쪽으로 스쳐 지나갔다.

대무영은 추호도 멈칫거리는 기색 없이 조금도 속도를 줄이지 않고 관문 후반부로 돌진했다.

관문의 폭은 고작 이 장인데 한복판에 목검을 움켜쥔 채 버티고 서 있는 전투무사 다섯 명을 차례로 통과하는 것은 결코 쉬운 일이 아니다.

더구나 다섯 명의 전투무사는 그저 제자리를 지키고 우두커니 서 있는 목각 인형이 아니다.

자신이 지니고 있는 최고의 실력을 발휘하여 응시자를 저지하는 것이 그들의 임무다.

관문의 폭이 이 장이니 전투무사가 목검을 휘두르면서 양쪽으로 두어 걸음만 옮기면 완전히 봉쇄되고 만다.

용구는 손에 땀을 쥔 채 눈도 깜빡이지 않고 지켜보았다. 대무영이 탈락할 것이라고 생각하지만 이런 상황이 되자 그도 긴장할 수밖에 없다.

그리고 흑룡단주는 표정의 변화 없이 냉엄한 표정으로 대무영을 주시했다.

휘이—

대무영은 화살 관문을 통과할 때와 비슷한 속도로 첫 번째 전투무사를 향해 정면으로 돌진했다.

그 광경을 보면 대무영이 정면승부로 전투무사를 쓰러뜨리려는 것 같았다.

전투무사는 바짝 긴장하여 성큼 대무영을 향해 마주쳐 나가며 맹렬하게 수중의 목검을 휘둘렀다.

팍!

그런데 전투무사 반 장 앞까지 쇄도하던 대무영이 급작스럽게 오른쪽으로 방향을 틀더니 찰나지간에 전투무사를 따돌리고 두 번째 전투무사를 향해 쏘아갔다.

달리는 물체는 관성(慣性)이라는 힘의 영향을 받기 때문에 즉시 멈출 수가 없다.

빨리 달리면 달릴수록 멈추는 데 필요한 거리가 길어지는 것이 원칙이다.

그런데 대무영은 관성 따윈 개나 주라는 듯이 그토록 빨리 달려오다가 급히 멈추는가 하면 오른쪽으로 방향을 틀었다가 다시 전진하여 순식간에 첫 번째 전투무사를 보기 좋게 따돌린 것이다.

두 번째 전투무사는 만반의 준비를 하고는 있었으나 대무영이 첫 번째 전투무사와 격돌할 것이라고 예상했기 때문에 느닷없이 허를 찔려 버렸다.

패액!

두 번째 전투무사는 대무영이 곧장 자신을 향해 쇄도해 오자 움찔 놀랐으나 곧장 대무영의 머리와 가슴을 노리고 벼락같이 목검을 후려쳐 갔다.

사악—

그러나 대무영은 달려가면서 자세를 한껏 낮춰 목검을 머리 위로 흘려보내고는 옆으로 빙글 반 회전 하는가 싶더니 두 번째 전투무사 옆을 스쳐 지나갔다.

여기까지는 그저 눈 한 번 깜빡이는 정도의 짧은 순간에 일어난 것이다.

세 번째 전투무사는 앞의 두 상황을 지켜봤기 때문에 만반의 준비를 하고 있다가 짓쳐오는 대무영을 마주쳐 가며 목검을 내려꽂았다.

쉬이익!

그러나 대무영은 이번에도 좌우로 피하지도 허리를 굽혀 피하지도 않고 곧장 세 번째 전투무사에게 돌진해 갔다.

슷—

목검이 정수리를 가격하려는 순간 그는 왼쪽으로 슬쩍 상체를 비틀면서 달려가던 여세를 몰아 머리는 그대로 있고 하체가 뒤로 빙글 회전하면서 허공으로 떠올랐다.

대무영은 표적을 잃고 허둥거리는 세 번째 전투무사 머리 위를 회전하면서 그대로 날아 넘을 수 있으나 그러지 않고 발끝으로 그의 뒤통수를 살짝 찍고는 네 번째 전투무사를 향해 비스듬히 내려꽂혔다.

네 번째 전투무사에게 쏘아가기 위해서 세 번째 전투무사의 뒤통수를 발로 찍어 도약의 힘을 얻은 것이다.

대무영이 그럴 줄은 추호도 예상하지 못했던 네 번째 전투무사는 그가 순식간에 자신의 코앞에 이르러 충돌하려 들면서 흰 이를 드러내고 사나운 표정을 짓자 움찔 놀라며 급히 피해 버렸다.

탓!

대무영은 겁을 집어먹고 피한 네 번째 전투무사를 뒤에 남기고 마지막 다섯 번째 전투무사를 향해 저돌적으로, 그리고 지금까지보다 더욱 빠른 속도로 돌진했다.

흑룡단주는 자신도 모르는 사이에 의자에서 일어나 뚫어지게 대무영을 주시하고 있었다.

그뿐만이 아니라 마당에 나와 있던 오룡방 사람들도 적잖이 놀라면서 대무영을 지켜보았다.

대무영은 다섯 번째 전투무사가 몹시 긴장하고 있는 것을 쏘아보면서 짓쳐갔다.

다섯 번째 전투무사는 앞의 네 차례에서 그랬듯이 대무영이 좌우, 혹은 허공으로 회전해서 자신을 피해갈 수도 있다고 예상했다.

그래서 좌우로 한 걸음씩 반복적으로 재빨리 움직이면서 목검을 길게 잡고 좌우 수평으로 휘둘렀다.

그러면서 대무영이 허공으로 솟구칠 것을 대비하여 자신도 어느 때라도 도약할 만반의 준비를 갖추었다.

목검을 길게 잡고 좌우로 넓게 수평으로 휘두르면 동작이 커질 수밖에 없는 법이다. 또한 그렇게 하면 몸에 허점이 수

두룩하게 생길 수밖에 없다.

퍽!

"억!"

대무영은 이번에는 어느 곳으로도 피하지 않고 상체를 숙여 파고들었다가 어깨로 다섯 번째 전투무사의 가슴을 그대로 들이받았다.

좌우로 넓게 휘두르는 목검 사이를 파고드는 것은 식은 죽 먹기보다 쉬웠다.

거대한 호랑이가 앞발로 맹렬하게 휘두르는 것에 비하면 아무것도 아니다.

척!

대무영이 관문 끝에 우뚝 멈추고 나서도 잠시가 지나서야 다섯 번째 전투무사는 이 장 밖 땅바닥에 볼썽사납게 나뒹굴었다.

쿵!

"흐윽!"

대무영이 두 번째 관문을 통과하는 데 걸린 시간은 눈을 서너 번 깜빡거릴 정도라서 지켜보던 사람들은 얼이 빠진 표정을 지었다.

오룡방의 무사 모집 열흘 만에 두 번째 관문을 통과한 사람은 대무영이 두 번째다.

지름 삼 장 정도의 둥근 원 안에 대무영과 흑룡단주가 일장 거리를 두고 대치해 있다.

조장 시험의 세 번째 관문은 흑룡단주의 삼 초식을 막거나 피해야 하는 것이다.

흑룡단주는 대외적으로 오룡방에서 세 번째로 고강한 인물이라고 알려져 있다.

오룡방에는 다섯 용(龍)이 있어서 오룡이라고 한다. 방주인 쾌도신룡(快刀神龍)과 그 아래 네 개 단의 단주가 사룡이다. 그래서 합쳐서 오룡이다.

오룡방이 화음현 일대 최고의 방파는 아니지만, 오룡방주인 쾌도신룡은 이 지역에서 다섯 손가락 안에 꼽히는 고수이고, 흑룡단주는 이십 명 안에 들 정도다. 그러므로 무사라기보다는 고수라고 봐야 옳다.

그런 흑룡단주의 삼 초식 공격을 막거나 피해야 한다는 것은 보통 어려운 일이 아니다.

"삼 초식을 펼치는 동안 쓰러지지만 않으면 합격이다."

흑룡단주는 어깨에 한 자루 검을 메고 있지만 오른손에 목검을 쥐고 대무영을 보면서 주의를 주었다.

대무영은 우뚝 서서 고개를 끄떡였다.

흑룡단주는 대무영이 목검을 손에 쥘 때까지 기다렸으나

계속 서 있기만 하자 슬쩍 미간을 좁혔다.

"목검을 잡아라."

대무영은 무조건 삼 초식만 피하면 되는 줄 알았기에 목검을 뽑지 않았다.

그런데 흑룡단주가 목검을 잡으라고 하자 의아한 얼굴로 그를 쳐다보고는 시키는 대로 했다. 그가 시험관이기 때문에 거역하면 안 된다고 생각했다.

흑룡단주는 대무영이 자세를 취하지 않고 그저 목검 끝을 비스듬히 땅을 향한 채 우두커니 서 있는 것을 보고는 별다른 말을 하지 않았다.

그가 두 번째 관문 후반부 다섯 명의 전투무사를 통과할 때 보여준 솜씨를 기억하고 있기 때문이다.

그것은 절대 우연이라고 할 수 없다. 피하는 것도 돌진해서 부딪치는 것도 전부 실력이다. 실력이 없으면 그렇게 할 수가 없다.

타앗!

순간 흑룡단주가 느닷없이 대무영에게 곧장 부딪쳐 가면서 수중의 목검을 쭉 뻗었다.

두 사람의 거리가 일 장밖에 안 되는데다 흑룡단주가 상상 외의 속도로 쇄도하면서 목검으로 가슴 한복판을 겨냥하고 찌르는 것이라서 웬만한 실력이면 우두커니 선 채로 당할 수밖에 없는 상황이다.

하지만 그뿐만이 아니다. 흑룡단주는 대무영의 가슴을 찔러가는 한 동작을 취하면서도 그가 어떤 방향으로 피하든지 제이의 공격을 가할 태세를 갖추었다.

흑룡단주는 자신의 첫 번째 공격을 대무영이 피하지 못할 것이라고 자신했다. 그러나 만에 하나 지금까지 대무영이 보여준 행동에 의하면 어쩌면 이번에도 공격을 피할 가능성이 있었다.

그런데 대무영은 예상을 깨고 흑룡단주의 허를 찔렀다. 그는 비단 좌우로 피하지도 뒤로 물러서지도 않을 뿐더러 오히려 상체를 약간 숙인 자세로 곧장 흑룡단주를 향해 맞부딪쳐 갔다.

'미친……'

부신입화(負薪入火). 흑룡단주는 대무영의 행동이 섶을 지고 불속으로 뛰어드는 우매한 행동이라고 생각했다. 대무영의 실력이 아무리 뛰어나도 자신의 공격을 정면으로 상대하는 것은 공격을 가하는 목검에 온몸을 내던지는 어리석은 행동이라고 생각하기 때문이다.

스사삭—

찔러가던 흑룡단주의 목검이 즉각 변화를 일으켰다. 일검에 대무영의 머리를 내려치고 동시에 왼쪽 어깨와 오른쪽 옆구리를 가격하는 세 가지 변화가 한 초식에 한꺼번에 깃들어 있었다.

흑룡단주는 이처럼 가까운 거리에서, 더구나 마주쳐 오는 상황이라면 설혹 오룡방주 쾌도신룡이라고 해도 피하지 못할 것이라고 생각했다.

대무영은 자신의 이마와 좌우의 어깨, 옆구리를 향해 무서운 속도로 번뜩이면서 후려쳐 오는 목검의 영향권 안으로 거침없이 파고들면서 화산파의 매화검법(梅花劍法) 비폭노조(飛暴怒潮)를 전개했다.

그가 지난 이 년 동안 거의 밤잠도 자지 않으면서 익힌 무예가 바로 매화검법이다.

매화검법은 삼 초식으로 이루어졌으며 지금 그가 전개하고 있는 비폭노조는 그중에서 제일초식이다.

그러나 그가 전개하는 것은 검 초식이 아니라 비폭노조 초식에 곁들여 있는 보법이다.

그는 따로 보법을 배운 적이 없다. 다만 소림사와 무당파, 화산파의 무예 한 가지씩을 익히면서 그것에 곁들여 있는 보법을 익혔을 뿐이다.

그렇지만 화산파 제자들이 눈을 씻고 본다고 해도 지금 그가 밟고 있는 보법이 매화검법 비폭노조를 전개할 때 딛는 보법일 것이라고는 생각하지 않을 것이다.

날개를 펴다 53

그 이유는 간단하다. 그가 이 년 동안 매화검법을 연마하면서, 그리고 산중의 맹수들과 싸우는 과정에서 수억 번이나 밟으며 자신의 상황과 환경에 맞추어서 나름대로 변형을 시켰기 때문이다.

만약 화산파의 장문인이나 장로, 또는 화산파의 뛰어난 일류고수들이 본다면 대무영의 보법이 비폭노조의 검법에 가미된 보법을 바탕으로 하여 가일층 발전시켜서 그보다 월등하게 뛰어난, 이른바 실전 보법으로 만들었다는 사실을 간파할지도 모른다.

더구나 비폭노조는 공격 초식이며 거기에 가미된 보법 역시 공격할 때 밟는 것이다.

그런데 그 보법이 지금 대무영에게서 방어의 용도로 전개되고 있었다. 완전히 변형된 보법이다.

매화검법은 화산파의 검법이기는 하지만 절학 같은 것하고는 거리가 멀다.

화산파 내의 어느 누구라도, 그리고 화산파의 제자로 입문하게 되면 제일 먼저 배우는 것이 바로 화산파의 가장 기초적인 검법인 매화검법이다.

대무영은 장작을 해서 나르고 산나물, 버섯 따위를 따거나 산짐승 등을 잡아 수시로 화산파에 들락거리며 화산파 제자들에게 갖다 바치면서 그들이 연마하는 매화검법을 어깨너머로 열심히 훔쳐 배웠다.

매화검법이 가장 손쉽게 접할 수 있는 검법이었기에 배울 수 있었던 것이다.

만약 다른 무예를 배울 수 있는 기회가 있었더라면 그것을 익혔을 것이다.

지금 대무영의 두 발은 화산의 험준한 산속에서 호랑이나 곰 등 맹수와 마주쳤을 때 전개했던 것처럼 기민하게 움직이고 있다.

슈슈슉—

흑룡단주는 코앞까지 들이닥친 대무영의 모습이 갑자기 안개처럼 흐릿해지면서 여러 개로 변하며 자신의 공격을 모조리 피하는 것을 보고 움찔 놀랐다.

그리고 어떻게 해볼 겨를도 없이 잠시 멍하고 있는 사이에 대무영이 자신의 옆을 스치듯이 빠르게 지나치는 것을 보면서 흠칫 소름이 끼쳤다.

왜냐하면 대무영이 옆으로 스쳐 지나칠 때 목검으로 그의 옆구리를 간단하게 공격했으면 그는 그대로 주저앉고 말았을 것이다.

시험관이 응시자의 공격에 패한다는 것은 말이 되지 않는 이변 중의 이변이다.

그런데도 대무영은 공격을 하지 않고 그냥 지나쳤다. 이토록 완벽하게 공격을 피한 그가 흑룡단주의 옆구리 허점을 발견하지 못했을 리가 없다.

더구나 흑룡단주는 대무영이 스쳐 지나가면서 자신을 향해 벙긋 순진한 미소를 짓는 것을 똑똑히 보았다.

또한 대무영은 빙글 몸을 돌려 흑룡단주의 뒤쪽으로 돌아가서 그를 향해 우뚝 멈춰 서고는 그가 뒤돌아서 다시 공격하기를 기다렸다.

그 상황에서도 공격을 가하면 흑룡단주는 낭패를 당할 수 있지만 대무영은 그러지 않았다.

이유는 간단하다. 그렇게 하면 안 되는 것인 줄 알고 있기 때문이다.

흑룡단주는 자신의 삼 초식 공격이 끝날 때까지 대무영이 쓰러지지 않으면 된다고 했지 반격해도 된다는 말은 하지 않았던 것이다.

하지만 흑룡단주는 대무영이 피하기에 급급할 뿐이지 설마 반격을 할 것이라고는 전혀 예상하지 못했기에 그렇게 말했던 것이다.

'이놈……'

흑룡단주는 대무영이 공격을 하지 않을 것이라고 짐작하면서도 본능적으로 재빨리 획 돌아섰다. 하지만 두 번째 공격을 가하지는 않았다.

그가 억눌린 듯한 표정으로 쳐다보자 대무영은 히죽 웃고 있었다.

그러나 흑룡단주는 그것이 비웃음이나 자신을 얕잡아보는 미소가 아닌 그저 순진무구한 미소라는 것을 알아보았다. 지금이 시험 중이라는 상황을 떠나서 그는 참으로 오랜만에 보는 순수한 미소라는 생각이 들었다.

대무영은 여전히 목검을 땅으로 향한 채 흑룡단주의 두 번째 공격을 기다리고 있었다.

흑룡단주는 대무영의 몸이 그토록 유연하고 빠르다면 공격도 그에 못지않을 것이라고 생각했다. 이 정도면 조장으로서는 합격이다.

그러므로 더 이상 시험을 해보나마나이다. 시험했다가 오히려 낭패를 당할 수도 있다는 생각이 들었다.

저놈을 꼭 쓰러뜨리고 말겠다는 얄팍한 호승심 같은 것은 생기지 않았다.

흑룡단주는 때와 장소를 구별할 줄 아는 인물이다. 지금은 그럴 때가 아니다. 무의미한 시험은 이쯤에서 그만두는 것이 현명하다.

"합격이다."

흑룡단주는 짧게 말하고는 목검을 거두었다.

대무영은 어리둥절한 표정을 지었다.

"아직 이 초식이 남지 않았소?"
"본 방의 조장이 되기 싫은 것이냐?"
"아, 아니오. 그만두겠소."
대무영은 흑룡단주를 보며 싱글벙글 웃다가 포권을 취했다.
"사정을 봐줘서 고맙소."
"나는 너의 직속상전이 될 것이다. 예의를 갖춰라."
흑룡단주의 조용한 훈계에 대무영은 벙긋 웃더니 곧 자세를 바로 했다.
"알겠습니다."
"이름이 뭐냐?"
"대무영입니다."
"전각 안으로 들어가서 수속을 밟아라."
대무영은 궁금한 듯 물었다.
"그런데 당신은 누굽니까?"
"흑룡단주다."
"그럼 성이 흑룡이고 이름이 단주입니까?"
"이놈이?"
흑룡단주는 발끈했다가 대무영이 순진하게 의아한 표정을 짓고 있는 것을 보고는 그가 진심으로 물었다는 것을 깨달았다.

무사라는 것들은 하나같이 닳고 닳은 놈뿐인데 요즘에 이런 순수한 놈이 있다니 흑룡단주는 대무영이 '물건'일지도 모른다는 생각이 들었다.

"내 직책이 너의 상전인 흑룡단주이고 이름은 공손우(公孫優)다."

"성이 공이고 이름이 손우로군요?"

대부분 성이 외자이기 때문에 그렇게 생각했다.

"공손이 성이고 이름이 우다."

평소 과묵한 흑룡단주는 오늘 유난히 말을 많이 하는 편이다. 하지만 그는 말을 많이 하는 것이 싫지 않았다. 그동안 시험관을 많이 해봤으나 오늘은 이상하게도 기분이 꽤 좋은 날이다.

대무영은 정중하게 포권을 취했다.

"알겠습니다, 공손 형."

'공손 형?'

오룡방 내에서 과묵하고 냉엄하기로 소문난 흑룡단주는 어이없는 표정을 지었다. 그러나 대무영을 나무라지는 않았다.

"따라와라."

공손우는 전각 안쪽으로 성큼성큼 걸어갔다.

"대 형!"

그때 저만치에 있던 용구가 기쁜 표정으로 손을 흔들며 구르듯이 달려왔다.

"축하하오! 나는 대 형의 실력이 그토록 대단한 줄 미처 몰랐소."

대무영은 용구가 진심으로 기뻐해 주는 것을 보자 마음이 좋지 않았다.

자신은 어떻게든 조장이 됐는데 용구는 시험조차 보지 못했기 때문이다.

무슨 생각을 했는지 대무영은 갑자기 공손우에게 달려가며 소리쳤다.

"공손 형, 할 말이 있습니다!"

이제 막 조장이 된 놈이 하늘같은 두 단계 위의 단주에게 감히 호형을 하자 주위에 있던 오룡방 사람들이 대무영을 쳐다보며 어이없다는 듯 웃었다. 모두 오룡방에 괴짜가 들어왔다는 표정이다.

"저 사람은 내 친구인데 오룡방의 무사로 채용하면 안 되겠습니까?"

대무영이 엉거주춤 서서 놀라는 표정을 짓고 있는 용구를 가리키자 공손우는 가볍게 고개를 끄떡였다.

"조장의 신분이라면 무사를 추천할 수 있다."

"그렇습니까? 부디 저 친구를 무사로 써주십시오."

흑룡단주는 휙 몸을 돌려 걸어가며 말했다.
"무사 시험의 절차를 밟도록 해라."
조장의 추천이라고 해도 시험을 거쳐야 한다는 뜻이다.

第三章
단목조(檀木組)

오룡방 잡무전(雜務殿)에서 조장으로서의 수속을 하던 대무영은 놀라서 뒤로 자빠질 뻔했다.

조장의 녹봉이 자그마치 은자 열 냥이라는 것이다. 너무나 놀라고 기쁜 나머지 잡무전의 수속을 담당하는 집사가 이것저것 설명하는데도 제대로 귀에 들어오지 않았다.

또한 그에게는 흑룡단의 단복(壇服) 세 벌이 주어졌으며 솜옷 한 벌과 누비옷, 가죽신 두 켤레, 장갑 두 켤레, 장검 한 자루와 비수 다섯 자루 등 그 외에도 여러 가지 비품이 지급되었다.

대무영은 잡무전 집사의 권유로 일단 오룡방 내의 공용 목욕탕에서 목욕을 하고 깔끔하게 머리 손질을 받은 후에 단복인 흑의 경장으로 갈아입었다.

지급 받은 도검을 반드시 휴대해야만 한다는 규칙이 있다고 해서 장검을 어깨에 메고 대신 어깨에 메고 있던 목검은 허리춤에 찼다.

그의 목검은 두 자밖에 안 되는 짧은 것이라서 허리에 차자 마치 부채를 접어서 찬 것처럼 가뿐했다.

이후 그는 잡무전 무사의 안내를 받아 흑룡단 전용 숙소로 안내되었다.

이층 전각인데 일 층은 흑룡단주와 세 명의 향주의 거처이며 이 층이 조장과 조원들의 숙소다.

하나의 단 휘하에 세 개의 향이 있으며, 하나의 향 아래에는 역시 세 개의 조가 있다.

한 개 조의 조원은 열 명이고 일향은 삼십 명, 일단은 구십 명으로 구성되었다.

단주에게 다섯 명의 직속수하와 향주 각자에게 두 명의 직속수하가 있으므로 그들까지 합치면 일개 단 전체 인원은 백여 명쯤 된다.

대무영은 흑룡단 휘하 제일향 제삼조의 조장으로 임명될 것이라고 한다.

흑룡단 전각을 겉에서만 구경한 대무영은 다시 잡무전으로 돌아왔다.

각 단과 향, 조는 조장의 별호나 이름, 특징 등을 따서 이름을 짓는데, 단주와 향주 조장이 교체가 되면 새 사람의 것으로 이름이 바뀐다.
"삼조의 이름은 뭐라고 정했소?"
잡무전의 염소수염을 얄밉게 기른 집사가 수염을 배배 꼬면서 물었다.
"아직 정하지 못했소."
대무영은 미간을 좁히며 골치 아픈 표정을 지었다. 그는 언제나 밝고 명랑한 사람이지만 글에 관련된 일만큼은 골치가 아프다. 글을 모르기 때문이다.
"그걸 꼭 내가 정해야 하오?"
"그렇소."
사십대 중반의 나이에 뺨과 눈이 움푹 들어가고 턱이 뾰족한 집사는 앞뒤 꼭 막힌 모습으로 대무영을 빤히 쳐다보며 그를 곤란하게 만드는 것이 퍽이나 재미있다는 표정을 노골적으로 지었다.
"당신이 지어주시오."
"내가 말이오?"

"당신은 매우 똑똑한 사람 같으니까 조의 이름 하나쯤 짓는 것은 어렵지 않겠지요?"

"그야……."

대무영의 칭찬에 집사는 흡족한 미소를 지었다.

"삼조장 별호가 있소?"

"없소."

"그거 무슨 나무로 만들었소?"

대무영을 이리저리 살피던 집사가 그의 허리에 찔러 넣은 목검을 가리켰다.

"화산에서만 나는 단단한 박달나무요."

"흠, 박달나무라……."

집사는 수염을 더욱 꼬았다.

"박달나무 목검이면 박달나무 단(檀)을 써서 지금부터 삼조장 별호를 단목검객(檀木劍客)이라고 합시다."

"단목검객……."

대무영은 희색만면했다.

"근사하오."

집사는 수염을 풀고 흡족하게 쓰다듬었다.

"그리고 삼조는 단목조(檀木組)라고 하면 되겠군."

대무영은 자신에게 생애 최초의 별호가 생겼다는 사실이 믿어지지 않을 정도로 기뻤다. 마치 강호에 처음으로 발을 들여놓은 것 같은 기분이었다.

더구나 자신이 맡은 조의 이름이 자신의 별호를 딴 단목조라니, 그야말로 겹경사라는 것은 이런 일을 두고 하는 말 같았다.

"정말 고맙소. 이 은혜는 잊지 않겠소."

대무영의 거듭된 치하에 집사는 흡족함을 참으려고 입이 벌쭉해졌다.

사실 그는 깐깐하고 짜잘하며 치밀하고 쓸데없이 참견을 많이 하는 성격 탓에 오룡방의 모든 사람에게 미운털이 박혀 있는 존재였다.

그런데 새로 들어온 어린 조장이 자신을 대단한 사람인 양 치켜세우고 또 은인처럼 대접하자 기분이 너무나 좋아서 눈을 깜빡이며 넌지시 자비를 베풀었다.

"단목조장, 혹시 가불 필요하오?"

대무영의 추천으로 용구에게는 무사 시험을 볼 수 있는 기회가 주어졌다.

용구는 뛸 듯이 기뻤다. 오늘 처음 만나서 우연하게 친구가 된 대무영이 자신을 이토록 배려할 줄은 몰랐기에 눈물까지 글썽일 만큼 기쁘고 행복했다.

대부분의 사람이라면 이런 경우 나 몰라라 하면 그만인데 대무영은 그러지 않았다.

그것이 용구를 감동시켰으며 대무영이라는 사람을 달리 보게 되는 계기가 되었다.

용구는 원래 오룡방 내에서만 근무하는 내근무사나 전각이나 별채 등을 지키는 호정무사가 되기를 원했었다.

하지만 대무영의 배려로 시험을 볼 수 있게 되었고, 그와 함께 있고 싶다는 일념으로 전투무사 시험을 보기로 결심하고 죽을힘을 다하리라 마음먹었다.

전투무사 시험 역시 세 개의 관문이 있는데, 용구는 아깝게도 세 번째 관문에서 탈락의 쓴 고배를 마셔야만 했다.

그러나 용구는 흑룡단주의 배려로 합격했다. 조장 대무영의 추천이라는 배경이 있기 때문이다.

또한 그것은 흑룡단주의 작은 배려이기도 했다. 흑룡단주는 두 사람의 우정이 각별하다고 여기고 함께 있도록 해준 것이다.

"대 형!"

또한 흑룡단주의 배려로 대무영의 조에 편입된 용구는 신바람이 나서 대무영에게 달려가며 외쳤다.

흑룡단 조장의 복장으로 갈아입은 말쑥한 차림의 대무영은 빙그레 미소 지으며 용구를 맞이했다.

"용 형."

용구는 솟구치는 기쁨을 잠시 억누르고는 대무영 앞에 서서 그를 이리저리 살피며 탄성을 터뜨렸다.

"대 형이 원래 이렇게 멋들어진 기남아(奇男兒)였소?"

"괜찮아 보이오?"

이런 멋진 차림을 난생처음 해본 대무영은 어색해서 죽을 맛이었다.

용구는 엄지손가락을 치켜세웠다.

"괜찮다 뿐이겠소? 대 형 정도면 화음현 최고의 기남아로 손색이 없을 것이오!"

대무영은 그의 과한 칭찬에 얼굴이 붉어져서 손을 저었다.

"어어, 그러지 마시오, 용 형."

용구의 칭찬이 과한 면이 있기는 하지만, 변모한 대무영의 모습은 실로 근사했다.

일신에는 위아래 새카만 흑의 경장을 입었으며 머리카락을 깔끔하게 잘라서 더벅머리 때와는 비교할 수도 없이 단정한 모습이 되었다.

오른쪽 가슴에는 원 안에 오룡방을 상징하는 다섯 색깔의 다섯 마리 용이 서로 뒤엉켜 있는 그림이 정교하게 수놓아져 있다.

그리고 왼쪽 가슴에는 원 안에 흑룡단을 표시하는, 양손에 도검을 움켜쥔 흑룡 한 마리가 승천하는 모습이 수놓아졌다.

그리고 왼쪽 어깨에는 조장의 신분을 나타내는 '장(長)'이라는 글씨가 흰 글씨로 수놓아졌고, 허리에는 조장들만 차는 흑룡대(黑龍帶)를 찼다.

뿐만 아니라 거의 맨발이나 다름이 없던 두 발에는 복사뼈 위까지 이르는 새카만 가죽신을 신었다.

대무영은 준수한 용모는 아니지만 가늘면서 날카로운 눈을 지녔으며 보통 사람보다 큰 코와 두툼한 입술, 약간 각진 턱에 강파른 용모다.

그런 용모는 준수한 미남자하고는 거리가 있으나 용맹하고 순수한, 그러면서 호남형이다.

오룡방에서 무사를 선발하는 시험이 까다롭고 어려운 만큼 무사나 조장 등으로 채용되면 과연 그에 상응하는 대우를 해주었다.

"용 형도 멋있군."

용구도 원래 입고 있던 허름한 경장을 벗고 흑룡단 휘하 조원의 흑의 경장에 어깨에는 장검을 메고 있어서 어엿한 경장 무사의 품위가 돋보였다.

"대 형이 아니었으면 오룡방의 전투무사가 되는 것은 꿈도 꾸지 못할 일이오."

용구는 포권을 하면서 허리를 깊숙이 숙였다.

"대 형은 나 용구의 은인이오. 오늘 일을 결코 잊지 않고 반드시 보은하겠소."

대무영은 당황해서 그를 일으켰다.

"친구 사이에 이러지 마시오."

"그러나 대 형은 친구에 앞서 은인이기에……."

"계속 이러면 용 형과 절교하겠소."

"……."

용구는 말문이 막히며 깜짝 놀랐다. 그러나 그는 대무영이 공치사를 싫어하고 은혜 같은 것에는 연연하지 않는 성격이라는 것을 깨닫고 이 일에 대해서는 더 이상 중언부언(重言復言)하지 않기로 마음먹었다.

하지만 오늘 일을 절대로 잊지 않고 언젠가는 은혜에 보답하리라 가슴속 깊이 새겼다.

이후 두 사람은 흑룡단주 공손우의 부름을 받고 즉시 흑룡단으로 달려갔다.

흑룡단 일 층 흑룡단주의 넓은 집무실에는 한 명의 흑의 경장인이 우뚝 서 있었다.

"제일향주다. 인사해라."

공손우의 말에 나란히 선 대무영과 용구는 흑의 경장인, 즉 제일향주를 향해 포권을 했다.

"일향주를 뵈옵니다."

그러나 인사말은 용구 혼자만 하고 대무영은 아무 말도 하지 않았다.

더구나 용구는 포권을 하면서 고개를 숙이는데 대무영은 그냥 뻣뻣하게 서 있었다.

대무영은 용구가 하는 것을 힐끗 보더니 일향주를 향해 다시 포권을 하고 고개를 숙였다.

"일향주를 뵈옵니다."

용구를 따라서 한 것인데, 일부러 그런 것이 아니라 몰라서 그런 것이다.

공손우가 일향주를 소개했다.

"제일향은 일향주의 별호 귀야도(鬼夜刀)를 따서 귀야향(鬼夜香)이라고 한다."

일향주 귀야도는 과연 그 별호에 매우 잘 어울리는 모습을 하고 있었다.

깡마른 체구에 헐렁한 흑의 경장을 입었으며 키가 크고 강퍅한 인상이다.

또한 눈빛이 상대의 눈을 터뜨릴 것처럼 날카롭고 얄팍한 입술은 그를 잔인한 인물로 보이게 했다.

귀야도는 두 사람을 냉랭한 눈으로 쓸어보며 말하는 것이 귀찮다는 듯 짧게 말했다.

"나는 현종(玄鐘)이다."

"저는 용구입니다. 잘 부탁합니다."

"저는 대무영입니다. 잘 부탁합니다."

대무영은 얼른 용구의 인사를 따라서 했다.

공손우는 자신의 책상 앞으로 가서 앉았다.

"대무영 조장의 환영회를 해줘야 하지만 상황이 좋지 않아서 다음으로 미루겠다."

대무영은 손을 휘휘 저었다.

"하하하! 그런 거 신경 쓰지 마십시오, 공손 형."

일향주 현종이 인상을 확 쓰며 대무영을 쏘아보았다.

"왜 그러십니까, 현 형?"

놀란 용구가 다급하게 대무영에게 귓속말을 했다.

"향주님, 단주님이라고 불러야 하오."

"아……"

대무영은 또 하나를 배우고 고개를 끄떡였다.

이후 일향주 현종은 대무영과 용구를 이 층 흑룡단 숙소로 데리고 갔다.

이 층은 복도 양쪽으로 방이 십여 개씩 총 이십여 개가 있으며 이 층 바깥쪽으로 낭하가 따로 나 있고 낭하 양쪽에는 전각 밖으로 내려가는 옥외 계단이 있었다.

현종은 복도 오른쪽 일곱 번째 방 앞을 지나면서 그 방은 쳐다보지도 않고 중얼거렸다.

"여기가 조장실이다."

잘 듣지 못한, 아니, 듣긴 들었으나 말뜻을 이해하지 못한 대무영을 위해서 뒤따르는 용구가 귓속말로 가르쳐 주었다.

"저기가 대 형 방이오."

현종은 여덟 번째 방문을 열고 들어갔다.

방은 꽤 넓었으며, 입구 맞은편 정면에 커다란 창이 있고 입구 양쪽으로 세 개씩 도합 여섯 개의 널찍한 칸막이가 있으며, 복판에는 길쭉한 직사각형의 석탁이 놓여 있고 양쪽에 의자 여섯 개가 어지럽게 널려 있는 광경이다.

"집합."

현종이 나직하게 말하자 좌우 칸막이 안에서 꾸물거리며 세 명의 조원이 어슬렁거리면서 나왔다.

그들은 현종을 발견하고 약간 놀라는 표정을 지었다. 그러나 그것뿐 어슬렁거리는 동작은 마찬가지다. 세 명의 조원은 탁자 양쪽에 한 명과 두 명으로 나누어 섰다.

그들 중 한 명이 왼쪽 세 번째 칸막이를 돌아보며 귀찮은 듯 퉁명스럽게 외쳤다.

"북설(北雪)! 집합이다!"

그러나 세 번째 칸막이에서는 아무런 움직임도 소리도 나지 않았다.

 현종이 가볍게 고갯짓을 하자 한 명이 어슬렁거리면서 밖으로 나가더니 옆방 문을 두드렸다.

 탕탕탕!

 "향주 집합 명령이다!"

 그 사이에 현종이 세 번째 칸막이로 다가가자 조원 한 명이 만류했다.

 "향주, 아무래도 북설은 그냥 놔두는 게……."

 툭!

 "집합이라는 소리 안 들리나?"

 그의 말이 끝나기도 전에 현종은 칸막이 안쪽의 누군가를 발끝으로 툭 건드리며 중얼거렸다.

 "어떤 우라질."

 순간 칸막이 안쪽에서 이불과 함께 하나의 인영이 쏜살같이 튀어나오면서 현종을 공격했다.

 투다닥! 툭탁탁!

 난데없이 벌어진 일에 대무영과 용구는 깜짝 놀랐다.

 칸막이 안에서 벽력같은 소리를 지르면서 화살처럼 튀어나와 무조건 현종을 공격하고 있는 사람은 긴 머리카락을 휘날리는 늘씬한 여자였다.

 그런데 허벅지 위까지 허옇게 다 드러난 매우 짧은 반바지에 어깨를 드러낸 민소매 상의를 입은 모습으로 미친 듯이 두 주먹과 발길질로 현종에게 공격을 퍼부으며 악다구니를 쓰고 있었다.

"이 새끼야! 나 잘 때 건드리면 죽인다고 그랬지?"

뽀얀 살결을 지닌 여자는 온갖 욕설을 퍼부으면서 눈에 보이는 게 없는 듯 현종을 공격했다.

붕! 휘잉!

그녀의 주먹질과 발길질이 허공을 가르는 소리가 날카롭게 터졌다.

자칫 거기에 한 대 잘못 맞았다가는 낭패를 면하지 못할 것 같은 위력적이고도 빠른 권각술이다.

그러나 현종은 한 대도 맞지 않고 뻣뻣하게 선 채 뒤로 물러서며 몸을 이리저리 흔들어서 모조리 피했다. 향주의 실력을 유감없이 보여주는 동작이다.

대무영이 조원들을 쳐다보니 어이없게도 아무도 말리려 들지 않고 오히려 팔짱을 낀 채 싱글싱글 미소 지으며 구경만 하고 있었다.

그리고 옆방에 갔던 조원도, 부름을 받고 들어오는 옆방의 조원들도 재미있다는 표정을 지을 뿐이다.

대무영은 그걸 보고 평소 이런 광경이 자주 있는 일이라는 것을 깨달았다.

퍽!

"윽!"

이윽고 여자가 현종의 발길질에 복부를 걷어차이고 방금 전에 나왔던 칸막이 안으로 나뒹구는 것으로 작은 사건은 마무리됐다.

탁자 양쪽에 늘어선 조원은 모두 일곱 명이다. 이 방에서 네 명, 옆방에서 세 명이 왔다.

삼조는 원래 모두 열 명인데 나머지 세 명은 볼일을 보러 외출을 했다는 것이다.

탁자 왼쪽에 세 명, 오른쪽에 네 명이 서 있는데 향주인 현종이 있는데도 자세가 건들건들했다.

그런데도 현종은 그들을 나무라지 않고 조용한 목소리로 새로운 조장 대무영을 짧게 소개했다.

"새 조장이다."

조장에게 예의를 갖추라든지 각자 자기소개를 하라는 말은 하지 않고 현종은 그것으로 자신의 소임을 다 했다는 듯 홱 몸을 돌려 나가면서 툭 한마디 중얼거렸다.

"삼조는 내일 신시(오후4시)에 출동이다."

현종이 나가자마자 조원들은 의자에 주저앉거나 자세가 흐트러지며 한마디씩 투덜거렸다.

"이런 염병할! 보름 동안 생사고비를 넘기면서 뺑뺑 돌다 왔는데 겨우 이틀 휴식하고 또 출동이야?"

"어휴! 코딱지만 한 녹봉 주고 이거 너무 심하게 부려먹는 거 아냐?"

"빌어먹을! 우리 같은 밑바닥 인생이 까라면 까야지 별수 있냐?"

조금 전에 현종을 공격했던 여자는 고개를 푹 숙인 채 서 있다가 그가 나가자마자 비실거리며 자신의 칸막이 안으로 사라졌다.

조원 대부분은 새 조장에겐 터럭만 한 관심도 보이지 않았다.

다만 탁자 좌우의 두 사람만 오롯이 서서 대무영을 쳐다보고 있을 뿐이다.

오른쪽에 서 있는 곱상하게 생겨서 여장을 한다면 여자보다 더 아름다울 것 같은 이십대 초반의 청년이 보일 듯 말 듯 미소를 지으면서 대무영에게 다가와 꾸벅 고개를 숙였다.

"저는 이반(李班)이라고 합니다."

대무영이 입을 열려고 하는데 용구가 급히 그의 귀에 입을 대고 속삭였다.

"수하들에겐 말을 놓으시오."

대무영은 미미하게 고개를 끄떡였다.

"나는 대무영일세."

이번에는 왼쪽의 조원이 그 자리에 선 채 가볍게 고개를 숙여 보였다.

"도무철(途武鐵)이오. 이틀 전에 새로 들어왔소."

그는 이십대 중반의 나이에 보통 키, 약간 넙데데한 얼굴이며 한 자루 도를 메고 있고 특이하게 두 팔이 매우 길어서 무릎까지 내려왔다. 그는 이번 오룡방 무사 모집 때 새로 들어온 것 같았다.

다른 조원들은 흐트러지고 방만한 자세로, 혹은 하품을 하면서 아무렇게나 자신들 이름을 툭툭 내던지듯이 댔다.

그러나 마지막까지 홍일점인 세 번째 칸막이의 여자는 모습을 드러내지도, 자신의 이름을 말하지도 않았다.

그렇지만 대무영은 아까 조원들이 그녀를 '북설'이라고 부르는 것을 들었다.

옆방의 세 명이 어슬렁거리면서 자기들 방으로 가려고 하자 대무영은 한쪽 팔을 뻗어 그들을 제지했다.

"어딜 가나? 우리 소개도 들어야지."

세 명은 따분하다는 표정으로 문가에 기대어 섰다. 할 말이 있으면 어서 해보라는 태도다.

"나는 대무영이고 새 조장이다. 앞으로 잘해보자."

그를 제대로 쳐다보는 조원은 곱상한 이반과 이틀 전에 새로 들어왔다는 도무철뿐이다.

나머지는 탁자에 엎어져 있거나 자기 칸막이로 들어가거나 코를 후비는 등 대무영에게 관심도 보이지 않았다.

방파 생활이 이번으로 두 번째인 용구는 쭈뼛거리면서 자기소개를 했다.

"나는 용구라고 하오. 잘 부탁하오."

"노래나 한 곡 불러봐."

코를 후비던 조원이 코딱지를 손가락으로 퉁기면서 키득거리는 얼굴로 요구했다.

대무영은 어정쩡한 표정의 용구를 한 번 보고는 빙그레 웃었다.

"아는 노래가 없다."

그러고는 어색한 침묵이 흘렀다. 옆방의 조원들은 어기적거리면서 문을 나섰고, 이반과 도무철을 제외한 다른 조원들은 자신들의 칸막이로 기듯이 들어갔다.

그때 이반이 대무영에게 다가와서 조심스럽게 속삭였다.

"조장님, 연회 한번 하죠."

"연회?"

대무영이 고개를 갸웃거리는데 용구가 급히 품속을 뒤적이더니 손을 내밀었다.

"조금 전에 향주가 조장 취임 연회비에 쓰라면서 이것을 주었소."

그의 손바닥에는 반짝이는 은자 닷 냥이 놓여 있었다.

탁!

"이리 주세요."

이반이 잽싸게 은자를 낚아채더니 돌아서서 낭랑한 목소리로 외쳤다.

"지금부터 삼조는 연지루(蓮池樓)에 연회하러 갈 겁니다! 불참자 환영합니다!"

갑작스럽게 연회라니? 대무영과 용구는 일이 어떻게 돌아가는지 지켜보기로 했다.

아니, 지켜보고 자시고 할 것도 없다. 이반의 말이 끝나기도 전에 삼조의 일곱 명 전원이 복도에 나가서 대기하고 있었다. 물론 홍일점 북설도 끼어 있었다.

"뭐하고 있나, 조장? 안 갈 거야?"

홍일점이 눈을 부라리며 소리쳤다. 늑장을 부렸다가는 조금 전 현종에게처럼 주먹질과 발길질이 날아올 것만 같았다.

그날 밤 대무영은 태어나서 처음으로 술이라는 것을 마셔 보았다.

조금 쓴 맛이지만 그보다는 향긋한 맛이 더 많아서 입안에서 착착 감겼다.

그래서 그는 앞으로 자신이 술하고 많이 친해질 것 같다는 예감이 들었다.

오룡방은 화음현에서 북쪽 위수(渭水) 방향으로 오 리 정도 떨어진 곳에 있다.

그 중간쯤 관도 변에 있는 주루가 바로 흑룡단 소속 조원의 단골 주루인 연지루다.

주루 뒤쪽에 둘레 삼백여 장가량의 아담한 연못 연지(蓮池)가 있어서 연지루이다.

오늘 밤은 삼조가 은자 닷 냥으로 연지루를 통째로 전세를 내버렸다.

은자 닷 냥이면 구리 돈 백오십 냥이다. 연지루의 보통 하루 매출이 구리 돈 오십 냥 정도니까 오늘 간만에 횡재를 하는 날이다.

새 조장이 취임할 때보다 더 큰 규모의 연회가 향주 취임이고, 그보다 더 큰 규모가 단주 취임이다.

일개 향의 규모는 삼십 명이라서 그 정도 연회는 어떻게든 연지루에서 치를 수 있다.

하지만 단주 취임은 무려 백여 명이라 현 내의 큰 주루나 기루에서 치르는 것이 보통이다.

그렇지만 단주와 향주 취임 연회를 한 것은 까마득하다. 쉽사리 교체되지 않기 때문이다. 반면에 조장 취임 연회는 가끔 있는 일이다.

과연 술의 위력은 대단했다. 새 조장이 취임했다는데도 거들떠보지도 않던 조원들이 술 앞에서는 믿을 수 없을 정도로 단단한 결속력과 화목함을 보였다.

또한 오늘 밤에 이곳에서 삼조의 연회가 있는 줄 어떻게 알았는지 외출을 나갔다던 세 명의 조원도 앞 다투어 연지루에 들어와 속속 연회에 참석했다.

이로써 삼조 열한 명, 아니, 조장 대무영까지 열두 명이 빠짐없이 모두 모였다.

대무영과 용구, 이반, 도무철, 그리고 홍일점 북설 등 삼조원 중에서 술을 못 마시는 사람은 한 명도 없었다.

오히려 술이라면 사족을 못 쓰는 조원이 대부분이었다. 그 중에서도 특히 홍일점 북설과 뺨에 흉터가 길게 난 험상궂은 거구의 막태(莫太)라는 조원, 그리고 이반과 삼조에서 가장 연장자인 삼십팔 세의 함자방(咸玆邦)이라는 조원이 두주불사(斗酒不辭)의 술고래였다.

"조장님, 그런데 조명은 지으셨나요?"

꽤 많은 술을 마셔서 뺨이 발그레해진 이반이 혀가 꼬이는 소리로 물었다.

"응. 단목조다."

평소에는 얌전하고 숫기가 없는 이반인데 술이 들어가면

목소리가 커지고 용기가 생기는 듯했다.

그는 손바닥으로 탁자를 두드리며 고운 음색으로 목소리를 높였다.

탕탕탕!

"주목!"

모두 술잔을 쥐고 히죽거리면서 자신을 주시하자 이반은 대무영을 가리키며 더욱 목소리를 높였다.

"조장님께서 삼조의 조명을 단목조라고 지으셨습니다!"

"어, 단목조? 괜찮은데?"

"그거 박달나무 조라는 뜻인가? 무슨 조명이 그따위야?"

"그게 어때서? 귀야향보다야 백번 낫지. 안 그래?"

다들 한마디씩 하고 나서 한쪽 끄트머리에 앉은 북설이 피식 웃으며 쓴소리를 했다.

"차라리 단명조(短命組)가 어때? 우리 조는 조장이 새로 오는 족족 죽어 나가니까 말이야. 킬킬킬!"

대무영 옆에 앉아 있던 순둥이 용구가 술기운에 발끈해서 손바닥으로 탁자를 쳤다.

탕!

"여자가 입이 험하군!"

"저 새끼가!"

쉬익!

그 순간 북설이 품속에 손을 넣는가 싶더니 용구를 향해 뭔가 번뜩이는 물체를 번개같이 쏘아냈다.

용구는 불과 일 장이라는 짧은 거리에서 자신의 얼굴을 향해 곧장 쏘아오는 한 자루 비수를 보고는 바짝 얼어서 피할 엄두도 내지 못했다.

착!

순간 대무영이 술을 마시는 자세를 흐트러뜨리지 않고 불쑥 왼손을 내밀어 간단하게 비수를 잡았다.

"흐으으……"

용구는 자신의 얼굴 앞 겨우 반 자 거리에서 비수의 끝부분이 날카롭게 반짝이는 것을 보며 새파랗게 질린 표정이 되었다.

그러나 조원들은 대무영의 오른손에는 술잔이 쥐어져 있으며, 왼팔을 쭉 뻗어서 활짝 펼쳐진 손바닥의 검지와 중지 사이에 비수가 끼어 있는 것을 발견하고 적잖이 놀라는 표정을 지었다.

조원들은 모두 북설이 비수를 얼마나 빠르고 정확하게 던지는지 잘 알고 있다.

그것을 대무영이 찰나지간에 손을 내밀어서, 그것도 손가락 사이에 끼운 것이니 놀랄 수밖에.

모두 새 조장의 실력이 최소한 북설보다는 뛰어나다고 생각했다.

대무영은 산에서 생활하면서 멀리 있는 산짐승을 잡아야 하는, 필요에 의해 힘껏 던져서 맞추는 도구를 스스로 만들어서 사용했다.

산에서는 쇠붙이를 구할 수 없기 때문에 단단한 나무를 단검이나 비수처럼 뾰족하게 깎아서 품속에 여러 개를 넣고 다니다가 사용하는 것이었다.

만드는 법 같은 것을 누가 가르쳐 주지도 않았기 때문에 수년 동안 수백 번의 시행착오를 거친 끝에 지금의 모습으로 완성되었다.

그런 나무로 만든 목비수(木匕首)를 사용한 지 오 년. 그의 목비수 던지는 실력은 대단한 경지에 올라 있었다.

재질이 나무인 목비수는 무게가 나가지 않기 때문에 던지는 것이나 표적에 맞추어 뚫고 들어가게 하는 데에는 숙달된 기술과 엄청난 힘이 필요하다. 대무영은 오 년 동안 목비수 던지는 법을 완벽하게 터득했다.

그러므로 쏘아오는 쇠로 만든 비수를 잡는 것쯤은 식은 죽 먹는 것보다 쉬운 일이다.

더구나 그가 목비수를 쏘아낸 속도에 비하면 절반에도 미치지 못하기 때문에 그것을 잡는 것은 여반장(如反掌)이다.

현재 그의 품속에는 산에서 사용하던 목비수 이십여 개와 오룡방 잡무전에서 여러 물품과 함께 지급 받은 비수 다섯 개가 빼곡하게 들어 있다.

장내에 침묵이 흘렀다. 그러나 긴장감이 아니라 모두 새 조장 대무영이 북설의 도발을 어떻게 처리할지 궁금한 표정으로 그를 주시했다.

슥—

대무영은 비수를 탁자에 내려놓고는 북설을 보며 담담한 표정으로 타일렀다.

"앞으로 동료를 해치는 일은 하지 마라."

"흥!"

북설은 차갑게 코웃음을 치고는 술잔을 집어 들면서 용구를 쏘아보았다.

"너, 앞으로 말조심해라."

순박한 용구는 마른침을 꿀꺽 삼킬 뿐 입이 얼어붙어서 대꾸도 하지 못했다. 말 한마디 잘못했다가 황천에 다녀오지 않았는가.

그는 방파의 전투무사의 조, 즉 전투조(戰鬪組)가 무척 살벌하다는 말은 많이 들었으나 이 정도일 줄은 상상도 하지 못했다.

분위기가 가라앉은 그때에 삼십대 초반의 여자가 주방에서 나와 맛있는 요리가 가득 담긴 커다란 접시를 들고 와서 탁자에 내려놓았다.

그녀는 이곳 연지루의 여주인, 즉 주모(酒母)인데 평범한 옷차림이지만 예쁘장한 외모에 제법 풍만하고 농염한 몸매를 지니고 있다.

가슴과 둔부가 터질 듯했으며 허리는 개미허리처럼 잘록한 것이 유난히 눈에 띄었다.

사실 그녀의 남편은 오룡방의 전투무사였으나 십여 년 전 싸움에 나갔다가 죽고 말았다.

이후 이십대에 청상과부가 된 그녀에게 오룡방의 동료들이 십시일반 갹출을 해서 이곳 연지루를 차려주었으며, 오룡방 무사들이 단골이 되어 그녀는 먹고살 걱정을 덜었다.

"분위기가 왜 이래? 요리와 술은 얼마든지 있으니까 오늘 다들 마시고 죽자고!"

그녀는 커다란 궁둥이를 대무영 옆에 들이밀어 툭 밀치며 비집고 앉았다.

"이분이 새로 오신 조장이셔? 어쩜, 근사하게 생겼다!"

그녀 아란(雅蘭)은 대무영의 궁둥이를 툭툭 두드리며 아이 달래듯 하며 얼렀다.

"호호홋! 누나 술 한잔 받으세요, 조장님."

그녀는 허물없이 큰누나처럼 굴며 대무영의 잔에 넘치도록 술을 따르고는 귀엽다는 듯 팔로 그의 허리를 두르고서 빤히 쳐다보았다.

대무영은 모친을 제외한 여자하고는 육체적으로 이렇게 밀착해 본 적이 한 번도 없기 때문에 적잖이 당황해서 자신도 모르게 얼굴이 붉어졌다. 그런데 그것을 그만 주모 아란에게 들키고 말았다.

"어머, 어머! 조장님 얼굴 빨개진 것 좀 봐! 아유! 귀여워 죽겠네!"

그녀는 새빨간 입술을 대무영의 귀에 대고 핥듯이 끈적끈적하게 속삭였다.

"이 누나가 오늘 조장님 잡아먹을까나?"

"어어… 누, 누님."

대무영은 당황해서 어쩔 줄 모르다가 들고 있던 술을 엎지를 뻔했다.

"와핫핫핫! 이제 보니 조장, 여자에겐 숙맥이로군!"

"우하하핫! 아란 누님, 오늘 아예 신방 차리쇼!"

조원들은 와자하게 박장대소하며 떠들었다. 아란 덕분에 가라앉았던 분위기가 금세 고조되었다.

第四章
쟁천십이류(爭天十二流)

주루의 문이 열리고 두 사람이 들어서자 단목조원들의 시선이 그곳으로 향했다.
　들어선 두 사람은 첫눈에도 무사다. 오룡방의 무사들 같은 허접한 모습이 아니라 전형적인 강호의 무사다.
　그들은 먼 길을 왔는지 경장에 뽀얗게 먼지가 앉았으며 둘 다 건장한 체구에 한 명은 도를, 다른 사내는 검을 메고 있다.
　"저거?"
　그때 조원 중에서 서생(書生), 또는 모사(謀士)로 통하는, 하얀 살결에 여린 백면서생처럼 생긴 주고후(朱高煦)가 두 무사를 보고 움찔 놀라며 목을 움츠렸다.

"명협(命俠)이야."

주고후가 구태여 목을 움츠리면서 목소리를 낮추어 그렇게 말하지 않았어도 단목조원 모두 두 명의 무사 중 한 명, 도를 메고 있는 인물을 주시하고 있었다.

두 무사는 단목조의 시선을 의식한 듯 그 자리에서 우뚝 서서 이쪽을 쳐다보며 의기양양한 자세와 표정을 지어 보였다.

아니, 그들이 그런 태도를 취했는지는 모르지만 상대적으로 약자인 단목조원들 눈에는 그렇게 보였다.

지금까지 웃고 떠들던 단목조원들은 갑자기 된서리를 맞은 듯 꼬리를 감추고 조용해졌다.

그러나 아무것도 모르는 대무영은 조원들을 쳐다보며 의아한 표정을 지었다.

"명협이 뭐야?"

조원들은 그를 보며 어이없다는 표정을 지었다. 당금 천하에서 가동주졸(街童走卒) 코흘리개 어린아이까지 노래를 만들어서 부르며 노는 것을 모른다는 것은 말이 되지 않았기 때문이다.

"조장, 강호에 쟁천십이류(爭天十二流)라는 것이 있다는 사실을 모르오?"

이십이 세의 서생 주고후가 한껏 목소리와 자세까지 낮추어 대무영에게 물었다.

"그게 뭔데?"

주고후는 시선을 두 무사에게 고정시킨 채 목소리를 더 이상 낮출 수 없을 정도로 낮추었다.

"당금 강호에서 가장 고강한 십이류의 인물들을 가리키는 것이오."

대무영은 은근히 호기심이 생겼다. 자신의 최종 목표가 강호에서 이름을 날리는 것이기 때문이다.

"그래서 십이류가 뭐지?"

주고후는 두 명의 무사가 자리를 찾으려고 주루 안을 둘러보는 모습을 보며 빠른 어조로 설명했다.

"천무(天武), 절대(絶代), 신위(神位), 황도(皇道), 제우(帝于), 왕광(王光), 존야(尊爺), 군주(君主), 후선(后仙), 패령(覇令), 공부(公夫), 명협(命俠)을 쟁천십이류라 하는 것이오."

주고후는 막힘없이 단번에 쏟아냈다.

대무영은 어려운 문자가 줄줄이 나오자 제대로 알아듣지 못하고 어지러움을 느꼈다.

"저기 저 사람 도파에 수실 보이오?"

"그래."

"저게 명협의 표식이오."

두 무사 중 도를 멘 자의 도파 끝 고리에 두 뼘 길이의 삼색

수실이 늘어뜨려져 있는데 윗부분 수실이 갈라지기 전의 천에 삼색으로 '命'이라는 한 글자가 또렷하게 수놓아져 있었다.

"여기 자리 없나?"

주고후가 뭐라고 더 말하려는데 두 명의 무사 중 도를 멘 인물, 즉 명협이 약간 거들먹거리는 태도와 목소리로 우렁우렁하게 내뱉었다.

주모 아란은 대무영의 궁둥이를 툭툭 치고는 일어섰다.

"조장 동생, 잠깐 기다려."

그녀는 커다란 둔부를 살랑살랑 흔들면서 두 무사에게 다가가며 손을 내저었다.

"오늘 밤은 저기 무사 분들이 저희 주루를 전세 냈기 때문에 안됐지만 자리가 없군요."

단목조원들이 명협에게 기가 팍 죽어 있는 것과는 대조적으로 아란은 추호도 두려워하지 않았다.

하기야 쟁쟁한 무사가 힘없는 아낙을 어쩌겠는가. 주루 내에서 명협에게 기죽지 않는 사람은 아란과 대무영 두 사람뿐이었다.

이번에는 검을 멘 무사, 즉 검무사가 눈살을 찌푸리면서 고집스럽게 말했다.

"우린 먼 길을 왔기 때문에 매우 허기가 진 상태요. 식사만

하고 갈 테니 먹을 것을 주시오."

"보다시피 앉을 곳이 없잖아요."

그때 누구도 예상하지 못했던 일이 일어났다. 대무영이 두 무사에게 미소를 지으면서 손짓을 하는 것이 아닌가.

"그렇다면 이리 와서 합석하시오. 강호에 나오면 사해가 모두 친구라고 하지 않았소?"

어디서 주워들은 것은 있어서 그럴싸하게 읊었다. 그의 논리에 의하면 강호인이 모두 친구라는 것이다.

그런데 그게 두 무사의 기분을 상하게 만든 것 같았다. 검무사가 이쪽으로 천천히 다가오면서 몹시 불쾌하다는 표정을 지었다.

"지금 우리더러 네놈들 같은 떨거지들하고 합석을 하라 말했느냐?"

"그렇소."

조원들은 분위기가 좋지 않은 쪽으로 흘러간다는 생각에 바짝 긴장했다.

그런데도 대무영은 아무것도 모르는 듯 태연하게 고개를 끄떡이더니 아예 한술 더 떠서 조원들에게 비키라는 시늉을 했다.

"자! 조금씩 양보해서 자리 좀 만들어라."

쿵!

"다들 나가라!"

그런데 검무사가 발을 세차게 구르더니 느닷없이 모두에게 축객령을 내렸다.

"당장 꺼지지 않으면 뜨거운 맛을 보게 될 것이다!"

단목조원들 얼굴에 팽팽한 긴장감이 감돌았다. 하지만 아무도 일어서지 않았으며 또한 겁먹은 표정을 짓는 이도 없었다.

수많은 싸움에서 닳고 닳은 그들은 별별 생사 고비를 다 넘겼기 때문에 웬만한 일로는 겁을 먹지 않는다. 상대가 비록 명협이라고 하지만 자리다툼 때문에 죽이기라도 하겠는가 하는 표정이다.

또한 단목조원들은 죽는 것도 그다지 겁내는 것 같지 않았다. 늘 문밖이 저승이라고 생각하기 때문이다.

대무영은 허허 웃었다.

"이것 보시오. 우리가 먼저 와서 먹고 있는데 나가라니 그런 억지가 어디에 있소? 그러지 말고 같이 합석해서 우리하고 같이 얘기도 하고……."

조원들은 대무영이 겁을 먹고 비굴하게 구는 것이라고 여겨 못마땅한 듯 얼굴을 찌푸렸다.

툭툭.

"어린놈이 말이 많구나. 좋은 말로 할 때 어서 꺼져라."

검무사는 가소롭다는 듯 대무영의 어깨를 툭툭 치면서 타이르듯이 말했다.

"거참, 되게 시끄럽네."

그때 북설이 인상을 쓰면서 일어섰다.

단목조원들은 움찔하며 드디어 올 것이 왔구나 하는 표정을 지었다.

북설은 꽤 많이 마셨으나 흐트러짐 없는 걸음으로 천천히 검무사에게 다가갔다.

"굴러온 돌이 박힌 돌을 뽑는 것은 도리가 아니지."

"이것들이?"

북설은 검무사 일 장 앞에 멈추고 양손을 들어 올려 어깨의 쌍검을 잡았다.

"한번 해보자는 거냐?"

도대체 겁이라고는 없는 북설이다.

"이년이?"

"이년? 이 새끼! 아가리를 찢어버리겠다!"

차창!

북설은 누가 자신을 모욕하는 것을 가장 싫어한다. 그녀는 눈에 불을 켜고 쌍검을 뽑는 것과 동시에 물불 안 가리고 곧장 검무사에게 덮쳐갔다.

쌔애액!

그녀의 쌍검술(雙劍術)은 단목조, 아니, 귀야향 내에서도 알아주는 솜씨다.

게다가 지독한 악바리라서 조원들은 웬만하면 그녀를 건드리지 않으려고 애쓴다.

과연 북설의 쌍검은 주루를 떨어 울리면서 새파란 검광을 흩뿌리며 검무사의 상체를 후려 베어갔다. 과연 수많은 싸움에서 갈고닦은 실력다웠다.

"어허."

그러나 검무사는 어이없다는 듯 실소를 흘리더니 뒤로 한 걸음 슬쩍 물러나 가볍게 피했다.

북설이 대단한 실력이기는 하지만 그래봐야 변방 방파의 일개 말단 조원이다.

제대로 무예 수련을 한 검무사 같은 인물을 만나면 금세 밑천이 드러날 것이다.

그렇다고 그만둘 북설이 아니다. 오히려 검무사가 가볍게 피하자 약이 올라서 계속 짓쳐가면서 더욱 위맹하게 쌍검을 휘둘렀다.

쉬익!

"죽어라, 개새끼야!"

"이년, 관을 봐야 눈물을 흘릴 년이구나."

검무사는 북설의 다짜고짜 해오는 공격과 욕설에 기분이

상했는지 더 이상 물러서지 않고 오히려 마주 다가들면서 상체를 이리저리 흔들어 그녀의 쌍검을 어렵지 않게 피했다.

차앙!

그 순간 검무사의 검이 뽑히는가 싶더니 그대로 북설의 목을 향해 비스듬히 그어갔다.

막 허탕을 친 북설은 자세가 기우뚱했고, 왼쪽에 완전히 허점이 드러난 상태다.

그녀의 얼굴에 다급함이 떠올랐으나 후회하는 표정 같지는 않았다. 단지 이렇게 죽는 것이 무척 기분이 더럽다는 듯한 표정이다.

모두 이제 곧 검무사의 새파란 칼날이 북설의 매끈하고 흰 목을 자를 것이라고 생각했다. 기적 같은 것이 일어날 리가 없기 때문이다.

팍!

"억!"

그 순간 베어가던 검이 북설의 목 반 뼘쯤 되는 곳에서 뚝 멈추며 답답한 신음이 터졌다.

검무사는 왼손으로 오른팔을 움켜쥐고 얼굴을 보기 싫게 일그러뜨린 채 비틀거렸다.

그런데 그의 검을 쥔 오른손 손목에는 비수가 자루만 남긴 채 깊숙이 꽂혀 있었다.

쟁천십이류(爭天十二流) 103

손목 반대쪽으로 비수가 반 뼘이나 튀어 나왔으며 비수 끝에서 방울방울 피가 흘러 떨어졌다.

"헛?"

"뭐야?"

단목조원들은 크게 놀라 모두 자리를 박차고 일어섰다. 특히 저승 문턱에 발을 들여놓았던 북설은 하얗게 질린 얼굴로 검무사의 손목에서 시선을 떼지 못했다.

검무사의 오른 손목에 꽂혀 있는 비수의 표식으로 볼 때 그것은 분명히 북설의 것이었다. 그것은 조금 전에 그녀가 용구에게 날린 것을 대무영이 손가락 사이에 끼워서 잡았던 것이다.

단목조원들은 누가 비수를 날렸는지 보지 못했으나 그것을 보고 대무영이라는 사실을 알아차렸다. 비수가 대무영 앞에 놓여 있었기 때문이다.

단목조원들은 꼿꼿하게 앉아 있는 대무영을 쳐다보면서 놀라움을 금치 못했다.

"이놈!"

순간 고통스러운 표정을 짓고 있던 검무사가 검을 왼손으로 바꿔 잡더니 득달같이 대무영에게 짓쳐들며 맹렬하게 공격을 퍼부었다.

"죽어랏!"

쉬익!

검무사가 비록 왼손으로 검을 휘두르지만 그 기세가 산악을 쪼갤 듯하고 더구나 대무영하고의 거리가 반 장 남짓에 불과했다.

더구나 대무영은 여전히 앉아 있기 때문에 원활하게 반격할 수 있는 자세가 아니다.

휙!

순간 대무영이 앉은 자세에서 궁둥이 밑의 의자만 빼내서 재빨리 검무사에게 던졌다.

팍!

대무영을 향해 그어가던 검은 의자를 쪼갰다.

그와 동시에 의자에 앉은 자세였던 대무영이 두 발에 힘을 주고 화살처럼 튀어 일어나며 검무사의 상체 안쪽으로 파고들며 주먹을 날렸다.

뻐걱!

"끅!"

검무사는 턱에 정통으로 주먹을 적중당하고 고개가 뒤로 확 젖혀지며 눕는 자세로 허공으로 붕 떠올랐다.

우지끈!

검무사는 뒤쪽의 의자 두 개를 박살 내면서 묵직하게 바닥에 곤두박질쳤다.

그는 네 활개를 펴고 대자로 쓰러진 채 코와 입에서 피를 쏟으며 혼절해 버렸다.

"장 형(張兄)!"

입구 쪽에 서 있던 도무사, 즉 명협이 놀라서 검무사를 부르며 달려왔다.

그러나 쭉 뻗어버린 검무사를 살피던 그는 검무사가 혼절한 것을 알고는 천천히 대무영에게 돌아서서 위엄 있는 표정으로 입을 열었다.

"모산파(茅山派)의 비벽검(飛碧劍) 장호연(張浩淵)을 일 초식에 쓰러뜨리다니 귀하는 필경 무명소졸이 아닐 터. 별호를 밝혀라!"

대무영은 별호라는 말에 드디어 잡무전 집사가 지어준 자신의 별호를 사용할 때가 됐다고 생각하며 의기양양하게 대꾸했다.

"나는 단목검객 대무영이오."

박달나무검객이라는 말에 단목조원들은 빙그레 미소를 짓기도 하고 키득거리기도 했다.

명협은 단목검객이라는 별호를 들어본 적이 없고 또한 대무영 같은 소년 무사를 본 적이 없으나 자신의 동료를 일격에 쓰러뜨린 것을 보니 필경 대단한 내력을 지녔을 것이라고 추측했다.

"어디에서 무엇을 하는 자인가?"

대무영은 자신의 첫 강호 진출 후 신분을 밝힐 시기가 됐다는 생각에 가슴을 펴고 당당하게 대답했다.

"오룡방 흑룡단 휘하 귀야향 소속 단목조장이오."

"조장?"

명협은 어이없다는 표정을 지었다. 오룡방이라면 어렴풋이 들어본 적이 있는 방파다.

그러나 오룡방은 강호에 혁혁한 명성을 떨치고 있는 모산파에 비해 발가락의 때만도 못한 변방의 소규모 방파다. 더구나 상대는 그곳의 일개 조장이라고 하지 않는가.

명협은 대무영과 단목조원들을 재빨리 쓸어보았다. 그가 보기에도 이들의 행색은 변두리 방파의 말단인 일개 조원들 같았다.

그래서 그는 자신의 친구가 지나치게 방심을 하다가 실수로 당했을 것이라고 판단했다. 아무려면 변두리 방파의 하찮은 일개 조장에게 당하겠는가.

또한 그는 이번 일을 따끔하게 훈계를 하고 넘어가야 다시는 하찮은 것들이 윗사람, 특히 쟁천십이류 영웅들에게 버릇없이 굴지 않을 것이라고 생각했다.

하지만 그는 눈이 있어도 제대로 보지 못한 장님이나 마찬가지다.

대무영이 일촉즉발의 순간에 검무사의 오른 손목에 비수를 던져서 맞춘 것이나, 앉아 있다가 급습을 받아 의자를 날리면서 주먹으로 검무사의 턱을 부순 권법이 얼마나 훌륭한 것인지 알아보지 못했으니 말이다.

"너를 응징한 후에 오룡방주를 찾아가서 이 일을 엄중하게 따져야겠다."

"철없는 아이들 싸움에 어른에게 책임을 묻는 것은 옳지 않은 일이오."

대무영은 그러지 말라고 타이르듯 손을 저었다. 자신이 조장으로 있는 방파의 존장을 어른으로 우대한 것이다. 그러나 졸지에 명협은 철없는 아이가 돼버렸다.

스릉!

"손버릇이 나쁜데다 입까지 험악한 놈이로구나."

"어허, 싸움은 그만합시다."

명협이 어깨의 도를 천천히 뽑으려고 하자 대무영은 두 손으로 손사래를 치면서 아이 달래듯 했다. 그것이 명협을 발끈하게 만들었다.

"검을 뽑아라."

"나는 싸우기 싫소."

"이놈이?"

명협은 도를 반쯤 뽑은 상태에서 얼굴을 일그러뜨렸다.

"우리가 서로 죽여야 할 이유가 있소? 주루에서 밥 먹을 자리가 없어서 그러시오? 그럼 우리가 양보할 테니 식사를 하시오. 그러면 되지 않았소?"

대무영의 말이 백번 옳다. 처음 싸움의 발단은 사소한 자리 다툼이었다.

대무영의 말인즉 그런 하찮은 일로 사람이 서로 죽고 죽이는 것은 못난 짓이라는 뜻이다.

하지만 지금은 이미 자존심과 분노의 강을 건너와 버렸다. 최소한 명협은 그렇게 생각했다.

"끝까지 나를 우롱하는구나."

명협은 대무영을 잡아먹을 듯이 쏘아보더니 쓰러져 있는 검무사의 손목에서 비수를 뽑고 지혈을 한 후 안고 밖으로 나갔다.

조장 취임 연회는 계속되었다.

그렇지만 조금 전 검무사와 명협의 일 때문에 분위기가 침울해졌다.

아니, 그것보다는 다들 대무영이 검무사를 거꾸러뜨린 솜씨에 대해서 깊이 생각하고 있었다.

대무영은 분위기를 일으키기 위해서 나름대로 이것저것 애를 써봤으나 한번 가라앉은 분위기는 좀처럼 살아나지 않았다.

"이반, 노래 한 곡 불러라."

연회가 이대로 우울하게 끝나는가 싶을 때 탁자 끄트머리에 앉아 있는 한 조원이 술잔을 들며 중얼거렸다.

"넵!"

이반은 그의 말이 끝나기가 무섭게 튀듯이 일어나더니 노래를 부르기 시작했다.

이반의 노래는 한두 번 해본 솜씨가 아니다. 더구나 제대로 된 스승에게 사사한 듯 곡조의 높낮이 하며 상체를 이리저리 흔들고 두 팔을 흐느적거리면서 손가락을 배배 비트는 교태라든지 기녀 뺨치는 노래 솜씨와 춤이었다.

그 덕분에 분위기는 금세 되살아났다. 조원들은 어깨를 흔들면서 노래를 따라 부르더니 잠시 후에는 합창이 됐고, 더러는 손뼉을 치고 더러는 젓가락으로 탁자를 두드리며 주흥이 도도해졌다.

문득 대무영은 조금 전에 이반에게 노래를 시킨 조원을 쳐다보았다.

그는 이십사오 세 정도의 나이로 보였으며, 반듯한 이목구비에 꽤 준수한 외모를 지녔는데 얼굴과 손이 가무잡잡한 것이 특이했다.

대무영의 기억으로는 그의 이름이 강무교(姜武較)라는 정도이다.

그는 그다지 말이 없으며 튀지도 않고 처음부터 지금까지 조용한 편이었다.

아까 한바탕 소란을 일으킨 장본인 북설은 강무교 맞은편에 앉아서 잠자코 술만 마셨다.

그녀는 지금까지 열 병 이상을 마셨는데도 꼿꼿한 자세가 흐트러지지 않았다.

단목조원들은 대무영이 한 행동들을 똑똑히 목격했다. 즉, 북설이 순간적으로 용구에게 던진 비수를 맨손으로 잡아낸 것과, 검무사가 북설의 목을 베려고 할 때 비수를 던져서 그자의 손목을 꿰뚫은 것, 그리고 검무사의 공격에 반격하여 턱을 박살 내서 혼절시킨 광경들을 말이다.

그 이후 단목조원들은 처음처럼 대무영에게 함부로 말하거나 행동하지 않았다. 대무영을 새롭게 보고 조심하고 있는 것이다.

주모 아란은 시키지도 않았는데 술과 요리를 계속 가져와서 탁자에 차렸다.

"조장 동생이 나쁜 놈을 때려눕히는 것을 보니까 속이 다 후련하더라고. 돈 걱정일랑 하지 말고 실컷 먹어. 응?"

아란이 어깨를 두드리며 칭찬하자 대무영은 쑥스러운 듯 머리를 긁적였다.

먹성 좋은 단목조원들이 줄기차게 먹어대는 바람에 향주에게 받은 연회비 은자 닷 냥은 벌써 날아갔을 텐데도 기분과 아란은 계속 술과 요리를 내왔다.

술자리가 계속되는 가운데 줄곧 대무영을 주시하는 두 사람이 있었다.

용구와 강무교다. 용구는 대무영이 강한 줄은 알지만 설마 명협의 친구인 검무사를 주먹 한 방에 혼절시킬 줄은 상상조차 하지 못했다.

그래서 대무영이 마냥 신비하고 존경스러워서 그에게서 시선을 떼지 못했다.

강무교는 술자리에서도 거의 침묵을 지키고 있다. 아까 이반에게 노래를 시킨 것이 유일하게 한 말이다.

그가 대무영을 주시하는 눈빛은 용구하고는 사뭇 다르다. 그는 관찰하듯이 대무영의 일거수일투족을 세밀하게 살피고 있는 듯했다.

몇 시진에 걸친 연회가 끝나고 거나하게 취한 단목조원들은 기분이 고조되어 와자지껄 떠들면서 연지루를 나서다가 깜짝 놀라고 말았다.

주루 앞 관도 건너편에 아까 그 명협이 우뚝 서 있는 것을 발견했기 때문이다.

명협 옆에는 두 마리 말의 말고삐가 나무에 묶여 있으며 그 중 한 마리에 검무사가 엎드린 채 태워져 있다.

그는 비수가 꽂혔던 오른 손목에 천이 감겨져 있는데 아직까지도 깨어나지 못한 듯했다.

단목조원들은 모두 술이 몹시 취한 상태지만 명협이 기다리고 있는 것을 발견한 순간 갑자기 입을 다물고 표정이 굳어지며 술이 확 깨는 것 같았다.

명협이 무엇 때문에 저기에 서 있는지 충분히 짐작할 수 있기 때문이다.

필경 그는 친구의 복수와 실추한 명예를 회복하려는 것이 분명했다.

그렇게 하려면 당사자인 대무영하고 싸워서 죽이든지 굴복시켜야만 할 것이다.

아까 그 일이 있고 나서 두 시진이나 지났는데 명협은 주루 밖에서 대무영을 기다린 것이다. 그것만 봐도 그가 대무영과 싸우려는 의지가 얼마나 확고한지 짐작할 수 있다.

그는 명협이라는 신분에 어울리는 행동을 했다. 그의 친구인 검무사와는 달리 예의를 지켰다.

단목조의 연회를 방해하지 않고 밖에서 조용히 대무영을 기다린 것이다.

그의 의지가 확고하다는 것을 깨달은 대무영은 이 싸움을 피할 수 없다고 판단했다.

단목조의 모사(謀士)라고 할 수 있는 백면서생 주고후가 대무영 뒤로 바짝 다가와서 관도 건너의 명협을 주시하며 속삭였다.

"쟁천십이류는 당금 무림을 대표하는 열두 개의 신분을 말하는 것이오."

그는 대무영이 쟁천십이류에 대해서 모르고 있는 것 같아서 급히 설명해 주려는 것이다.

"쟁천십이류에서 최고 강한 인물이 천무이고 가장 약한 자가 명협이오. 그러나 최하위인 명협이라고 해도 화음현에는 단 한 명도 없소."

대무영은 새로운 사실에 적잖이 놀랐다. 주고후의 설명대로라면 명협은 굉장한 고수가 아닌가.

"오룡방주도 쟁천십이류인가?"

"그는 아무것도 아니오."

"혹시 방주는 그런 데 관심이 없는 게……."

주고후는 대무영의 말을 잘랐다.

"강호에서 쟁천십이류에 관심이 없는 사람은 단 한 명도 없을 것이라는 게 내 확신이오. 우리 방주도 마찬가지요. 그에게는 명협이 될 수 있는 기회도 실력도 없소. 쟁천십이류는 되고 싶다고 해서 아무나 될 수 있는 게 아니오. 첫째는 실력이 있어야 하고 둘째도 실력이 있어야 하오."

대무영은 오늘 처음 알게 된 쟁천십이류라는 거대한 괴물의 꼬리를 비로소 살짝 만져 본 것 같은 느낌이 들며 묘한 흥분을 느꼈다.

"그리고 조장은 이 싸움을 무슨 수를 써서라도 피하는 것이 좋을 것이오. 무릎을 꿇고 잘못을 비는 것도 방법이오. 수치스러운 것보다는 목숨이 중요하지 않겠소?"

주고후의 말은 비록 나직하지만 고요한 밤중이라서 들을 만한 사람은 다 들었다.

그의 말에 단목조원들은 대무영을 주시했다. 용구를 제외한 모두의 표정은 제각각이지만 두 개의 공통점을 갖고 있었다.

대무영을 염려하는 표정의 조원은 아무도 없다는 것과, 팽팽하게 긴장하는 중에도 흥미롭다는 표정을 짓고 있다는 것이다.

용서를 빌라고 말한 주고후도, 입속의 혀처럼 굴던 이반도 마찬가지다. 그들의 얼굴에는 흥미로운 표정이 역력했다.

지금 대무영은 묘한 감정을 느끼고 있다. 가슴 한가운데에서 무엇인가 뜨거운 것이 꿈틀거리면서 솟구치고 있었다. 그것은 투지(鬪志) 같은 것이었다.

두려움 따윈 추호도 느끼지 않았다. 그 대신 그토록 고강하다는 명협과 한번 멋지게 싸워보고 싶다는 욕망이 걷잡을 수 없을 정도로 치솟았다.

돌연 대무영이 명협을 향해 성큼성큼 걸어가자 단목조원들은 움찔 놀랐다.

그러면서 그가 명협 앞에 다가가서 무릎을 꿇을지도 모른다고 생각했다.

단목조원이 주시하는 가운데 대무영은 명협과 일 장 거리를 두고 멈추었다. 그리고는 그를 주시하며 진중한 표정으로 입을 열었다.

"나와 싸우고 싶소?"

명협은 입을 굳게 다문 채 돌처럼 굳은 표정으로 고개를 끄떡였다.

그로 봤을 때 변방 소방파의 일개 조장하고 싸우는 것은 치욕스러운 일이다.

하지만 싸우지 않으면 그것이 더 치욕이다. 그래서 반드시 대무영을 굴복시키든가 죽여야 하는 것이다.

대무영은 자신이 명협하고 일대일로 싸워서 이긴다는 확신이 들지 않았다.

팔 년여 동안 혼자서, 혹은 맹수들을 상대로 죽어라 수련만 했기에 자신의 실력이 어느 정도 수준인지 정확하게, 아니, 대충도 모르고 있기 때문이다.

하지만 명협이 검무사 정도 수준이라면 충분히 이길 수 있을 것이라고 생각했다.

아까 단 일격에 쓰러뜨린 검무사는 온몸이 허점투성이였으며 공격하는 속도가 지나치게 느렸다. 그래서 상대하기가 수월했다.

하지만 그것은 대무영의 눈이 빠르고 정확하며 동작이 검무사에 비해서 몇 배나 더 쾌속하기 때문이다.

다만 그런 사실을 대무영 자신이 아직 피부로 느끼지 못하고 있는 것뿐이다.

아까 검무사를 일격에 쓰러뜨린 수법은 소림사의 백보신권(百步神拳)이라는 권법이다.

사실 대무영은 백보신권이 소림사의 여러 절학 중 하나라는 사실을 지금까지도 알지 못한다.

그가 열 살 때 뜻을 세우고 처음으로 속세를 등진 곳이 숭산이었다.

그 당시에는 너무 어렸기 때문에 소림사에 기웃거리는 것이 여러모로 어려웠었다.

또한 소림사에 입문하면 중이 되어야 하며 엄격한 소림사의 율법에 따라야 한다고 들었기 때문에 소림사의 제자가 되는 것은 원하지 않았다.

그래서 소림사가 있는 소실봉(少室峰) 근처를 기웃거리다가 실로 우연찮게 소림사의 어느 중년승이 동굴에 기거하며 동굴 앞 공터에서 권법을 연마하는 광경을 목격할 수 있었다.

그때부터 그는 몰래 숨어서 그 권법을 훔쳐 배웠으나 하루 만에 중년승에게 발각되고 말았다.

그러나 중년승은 십 년이라는 세월 동안 소림사 밖 동굴에서 백보신권을 통달해야 하는 장문인의 엄명이 내려져 있는 상황이라서 몹시 외로웠기에 어린 대무영을 발견하고는 더할 수 없이 반가워했다.

그래서 대무영을 제자로 거두지는 않았으나 동굴에서 함께 생활하도록 허락하고 또한 그때부터 그에게 정식으로 백보신권을 가르쳐 주었다. 말하자면 어린 대무영에게 기연이 일어난 것이다.

세상에 태어나서 무예를 최초로 접했으며, 아직 몸과 정신이 성장하는 중이라서 백보신권은 배우는 족족 모조리 그의 것이 되었다.

백보신권은 이름 그대로 완벽하게 익히면 권경(拳勁)을 발출하여 백 보(百步) 밖에 있는 목표물을 박살 내는 신기에 가까운 무예, 아니, 절학이었다.

하지만 대무영은 내공을 익힌 적이 없기 때문에 주먹에서 공력을 뿜어내질 못한다.

"그럼 싸웁시다."

대무영이 진중하게 말하자 명협은 천천히 걸어나와 관도 한복판에서 대무영과 일 장 반 거리를 두고 마주 섰다.

 그때까지도 단목조원 중에서 대무영을 말리는 사람은 아무도 없었다.

 오히려 용구가 말리려는 것을 얼굴에 칼자국이 있는 험상궂은 용모의 막태가 눈을 부릅뜨면서 조용히 있으라는 시늉을 하며 윽박질렀다.

 이들에겐 새 조장이 결투를 벌이다가 객사하는 것쯤은 아무 일도 아니다.

 죽으면 새 조장이 다시 들어오면 되고 취임 연회 한 번 더 하면 될 일이다.

 그보다는 이런 신나고 흥미진진한 구경을 절대로 놓치고 싶지 않다는 마음이 훨씬 더 컸다.

第五章
명협(命俠)이 되다

이십대 후반의 나이로 보이는 명협은 굳은 표정으로 대무영을 주시했다.
　"나는 호북 형산파(衡山派)의 일대제자 나운택(羅雲澤)이라고 한다."
　그의 예의 바름은 변함이 없었다. 상대가 아무리 하찮은 일개 조장이라고 해도 결투에 앞서 자신이 누군지 밝히는 강호의 규칙을 잊지 않았다.
　"형산일도풍(衡山一刀風)……."
　움찔 놀란 서생 주고후가 이 시린 신음을 흘렸다. 그는 강호에 대한 지식이 많아서 형산파 나운택이라는 이름을 듣는 순간 그가 누군지 깨달았다.

단목조원 중에는 '형산일도풍'이라는 별호를 들어본 사람도 있고 처음 듣는 사람도 있다.

하지만 주고후와 몇몇 사람이 알 정도면 강북무림에서 쟁쟁한 무명(武名)을 날리고 있다는 뜻이다.

"대 형!"

용구는 형산일도풍이라는 별호를 처음 듣지만 상황이 걷잡을 수 없이 심각해지자 지금이라도 대무영을 말려야겠다고 생각했다.

방저원개(方底圓蓋). 이것은 바닥이 네모난 그릇에 둥근 뚜껑을 덮으려고 하는 어리석은 짓이다. 억지로 덮으면 그릇이든 뚜껑이든 깨지고 말 것이다.

그러나 대무영은 용구의 외침을 응원으로 알아듣고 그를 돌아보면서 손을 흔들며 씨익 웃어 보였다.

더구나 그 직후 용구는 한 자루 비수가 자신의 옆구리를 슬며시 찌르는 것을 느꼈다.

돌아보니 뜻밖에도 준수한 용모의 강무교였다. 그는 얼굴 표정만으로 잠자코 있으라는 시늉을 해 보였다.

용구는 비수 끝이 옷을 뚫고 살갗을 찌른 것을 느낄 만큼 아팠다.

만약 그가 대무영에게 더 이상 무슨 말을 한다면 강무교가 찌를 것이 분명했다.

'빌어먹을! 이따위 형편없는 인간들이라니…….'

그때 단목조원 뒤쪽에서 주모 아란이 주먹을 쥐고 흔들며 큰 소리로 외쳤다.

"조장 동생! 꼭 이겨야 해! 이기면 오늘 밤에 총각딱지 떼게 해줄게!"

그 말에 아무도 웃거나 대거리를 하지 않았다. 모두 그만큼 긴장하고 있다는 뜻이다.

"검을 뽑아라."

명협 형산일도풍 나운택은 빨리 이 형편없는 결투 같지도 않은 결투를 끝내고 이 자리를 뜨고 싶은 마음이다.

이 결투는 나운택이 이긴다고 해도 추호도 자랑스럽지 않은 일이다.

물론 패할 일은 절대로 없으니까 거기에 대해서는 전혀 염두에 두지 않았다.

"검을 뽑아야 하오?"

대무영은 상대가 쟁쟁한 고수이니만큼 자신이 가장 자신 있는 백보신권으로 겨루고 싶었다.

"나를 모욕하는 것이냐?"

그러나 상대가 이렇게까지 나오자 어쩔 수 없이 허리춤의 박달나무 목검을 뽑았다.

"너……."

"나는 장검을 한 번도 사용해 본 적이 없으므로 목검을 사용하는 것을 이해해 주시오."

나운택은 대무영의 진심 어린 표정을 보고 어쩔 수 없이 고개를 끄떡였다.

대무영은 나운택을 똑바로 주시하며 머릿속으로 어떤 무예를 사용할지 잠시 생각하다가 결정을 내렸다.

무당파에서 이 년여 동안 훔쳐 배운 유운검법(流雲劍法)을 사용할 생각이다.

화산파의 매화검법은 부드러운 기운이며 다수를 상대할 때 유리하고, 반면에 무당파의 유운검법은 강직한 기운이라서 일대일, 그것도 단판 승부에 적합하다.

대무영으로선 이 결투가 생애 최초로 벌이는 싸움이라고 할 수 있다.

아까 검무사하고는 말다툼 끝에 벌인 드잡이일 뿐이지 정식 싸움이 아니다.

창!

일 장 반 거리에 있는 나운택이 어깨의 도를 뽑자마자 일직선으로 대무영을 향해 돌진해 왔다.

그는 매사에 치밀하고 최선을 다하는 성격이지만 상대가 일개 조장이니만큼 어느 정도는 방심하고 있다.

더구나 어서 빨리 싸움을 끝내야겠다는 생각이 그를 서두르게 만들었다.

형산파는 무림의 명문 대파이다. 그곳의 일대제자라면, 게다가 명협의 신분까지 따냈을 정도라면 그의 무위를 더 이상 설명할 필요가 없다.

쌔액!

그의 도가 거센 바람을 일으키면서 대무영의 상체를 향해 휩쓸어갔다.

그의 별호인 일도풍을 얻게 만들어준 도법이며 거센 바람을 일으킨다.

칼바람, 즉 도풍(刀風)이다. 사람을 살상하지는 못하지만 칼에 직접 베지 않고 도풍에만 스쳐도 옷과 살갗이 찢어지는 위력이다.

대무영은 목검을 움켜잡은 채 눈도 깜빡이지 않고 나운택의 동작을 지켜보았다.

그가 지난 팔 년여 동안 터득한 것은 세 가지 무예만이 아니다. 빠른 안목으로 정확하게 급소를 찾아내는 기술을 덤으로 익혔다.

단목조원들은 손에 땀을 쥐고 그 광경을 주시했다. 새 조장하고는 일말의 정이나 동료애 같은 것도 없기 때문에 그저 흥미 차원에서 보는 것이다.

'저기다!'

대무영의 매서운 눈은 공격해 오는 나운택의 허점을 찾았는데, 왼쪽 겨드랑이다.

목검으로 거길 치면 나운택이 왼쪽으로 무너질 것이고, 그때 어깻죽지나 머리를 강타하면 된다.

그런데 나운택의 공격이 너무나 거세서 가까이 접근할 수가 없는 상황이다.

목검을 휘두르며 반격하다가는 겨드랑이를 때리기 전에 먼저 당할 것만 같았다.

싸워본 경험이 전혀 없는 대무영은 섣부른 모험을 하지 않고 일단 피하기로 마음먹었다.

그의 두 발이 육안으로 보이지 않을 정도로 빠르게 교차하면서 나운택의 공격권 안으로 파고들었다.

보통 싸움에서의 '피한다'는 개념은 좌우, 혹은 뒤로 물러서는 동작을 뜻하지만, 대무영의 경우는 반대로 오히려 전진을 하고 있다.

그럴 수밖에 없다. 그가 배운 세 가지 보법인 유운검법과 매화검법, 백보신권 셋 다 공격 검법이기 때문이다. 그러니까 대무영에게 피한다는 것은 싸우고 있는 적에게 더 가까이 다가드는 것을 의미한다.

지금 그는 무당파의 유운검법 일초식 칠성회두(七星廻斗)에 가미된 보법을 전개하고 있다.

하지만 나운택은 대무영이 피하지 않고 도리어 반격해 오고 있는 것으로 착각했다.

더구나 정면으로 돌진해 오면서 그의 두 발이 칠성(七星)의 방위에 따라서 기기묘묘한 보법을 밟는데 그조차도 눈이 휘둥그레질 만큼 절묘했다.

'피했다!'

대무영은 나운택의 공격을 피하면서 그의 반 장 앞으로 파고드는 순간 그의 온몸에 허점이 와르르 생기는 것을 발견했다.

제아무리 고수라고 해도 반 장 앞에 쇄도하면 허점이 드러나지 않을 수가 없다.

팔과 무기의 길이 때문에 공격은 언제나 반 장 밖에서 이루어지기 때문이다.

대무영이 산중에서 호랑이나 늑대, 곰 등 맹수하고 싸울 때도 늘 이런 식이었다.

놈들의 거센 공격을 일단 피하고 보면 어김없이 놈들의 허점이 드러났다.

그럴 수밖에 없는 것이, 그의 보법이 공격 보법이라서 적에게 바짝 다가든 탓이다.

'이런······.'

나운택은 자신의 공격이 어이없을 정도로 간단하게 실패하자 움찔했다.

바로 그 순간 대무영의 목검이 번갯불 같은 속도로 허공을 가르며 찔러왔다.

칵!

목검 끝이 정확하게 나운택의 명치를 찔렀다. 그다지 힘을 주지도 않고 가볍게 쿡 찌른 정도다.

그는 나운택의 가슴 앞 반 장 거리에 쇄도하고 있었으므로 그저 목검을 뻗기만 하면 되는 상황이었다.

그의 공격 거리는 채 두 자도 되지 않았다. 실로 절약적인 공격 방법이다.

쉬익!

일격이 성공한 대무영은 마치 구름이 흐르듯이 두 번째 공격을 이어갔다.

유운검법의 특징은 매끄러우면서 동작이 매우 간명하다는 것이다. 목검으로 나운택의 정수리를 가격해서 끝장을 내자는 것이다.

그러다가 그는 멈칫했다. 산중의 송아지만 한 호랑이나 그보다 더 큰 곰도 정수리에 목검 한 방을 정통으로 맞으면 즉

사했다.

그러니 사람인 나운택이 맞는다면 그대로 머리가 빠개지고 말 터이다.

나운택은 원수가 아니므로 죽여서는 안 된다. 단지 이기기만 하면 되는 것이 아닌가.

쉬이—

정수리를 내려치려던 대무영의 목검이 즉각 방향을 틀어 오른쪽 어깨로 향했다.

대다수의 무림인에게 전력을 다해서 휘둘러가는 무기를 중도에서 방향을 전환하는 것은 매우 어려운 일이다. 하지만 대무영에겐 누워서 떡 먹기다.

쿵!

그런데 그보다 먼저 나운택이 그 자리에 무릎을 꿇었고, 어깨를 겨냥했던 대무영의 목검은 허공을 쳤다.

최초의 일격에 명치를 적중당한 것이 치명적이었다. 나운택은 신음조차 지르지 못하고 눈을 까뒤집으면서 무릎을 꿇었다가 그대로 앞으로 엎어졌다.

그 광경을 본 단목조원들은 눈을 찢어질 듯이 부릅뜨고 입을 크게 벌렸다.

자신들의 눈앞에서 벌어진 일을 믿는 사람은 아무도 없었다. 일개 조장이 명협을 단 일 초식 만에 거꾸러뜨리다니 대체 누가 그 사실을 믿겠는가.

"이거… 꿈 아냐?"

"마, 말도 안 돼."

"어, 어떻게 새파란 조장이 명협을……."

모두 얼빠진 표정으로 눈을 비비고 뺨을 꼬집는 등 어리둥절하며 정신이 없었다.

"조장 동생이 이겼어!"

자신의 눈으로 본 것을 곧이곧대로 믿는 사람은 아란 한 사람뿐이었다.

그런 상황에서 대무영은 혼절한 나운택을 똑바로 눕히고 손바닥으로 가슴을 누르고 있었다.

그가 숨을 쉬지 않고 있기 때문이다. 명치를 정통으로 찔려서 순간적으로 호흡이 멈춰 버린 것이다.

대무영은 의술에 대해서는 문외한이지만 그가 숨을 쉬지 않자 호흡을 통하게 해야 한다고 판단해서 가슴을 압박하고 있는 것이다.

용구를 비롯한 단목조원의 혼비백산은 꽤 오랫동안 이어졌으나 결국 대무영이 명협을 이겼다는 사실을 인정할 수밖에 없었다.

자신들의 눈으로 직접 본 것을 믿지 않을 재간이 없는 것이다. 다만 대무영의 실력이 반이고 나머지 반은 운이 따라준 것이라 이해했다.

 어느덧 정신을 수습한 단목조원들이 슬금슬금 대무영과 나운택 주위로 몰려들고 있는데 어쩐 일인지 그들의 눈은 탐욕으로 이글거리고 있었다.

 대무영은 그것도 모르는 채 부지런히 나운택의 가슴만 누르고 있다.

 이윽고 단목조원들은 대무영과 나운택 주위를 에워쌌다. 그들은 서로 눈치를 보면서 누가 먼저 행동을 시작할지 가늠하고 있었다.

 창!

 그때 용구가 검을 뽑아 앞으로 나서더니 마구잡이로 검을 휘두르며 외쳤다.

 "물러서지 않으면 베겠다! 물러서라!"

 느닷없이 용구가 서슬이 퍼레져 검을 휘두르자 단목조원들은 우르르 물러났다.

 "후아!"

 그때 비로소 나운택의 호흡이 터지면서 크게 숨을 내쉬며 눈을 떴다.

 "깨어났소?"

 나운택은 대무영이 땀을 뻘뻘 흘리면서 자신의 가슴을 누르고 있는 것을 보고 움찔 놀랐으나 곧 어떻게 된 일인지 깨달았다.

"윽!"

그는 상체를 일으키다가 가슴을 움켜잡고 고통스러운 신음을 터뜨렸다. 아까 대무영의 목검에 명치를 적중당했기 때문이다.

그가 깨어나자 단목조원들은 가까이 다가오지 못하고 슬금슬금 뒤로 물러섰다.

그러나 용구는 검을 움켜쥐고 대무영 옆에 우뚝 서서 호위를 섰다.

나운택은 대무영을 물끄러미 바라보면서 표정이 복잡하게 여러 차례 변했다. 자신이 대무영에게 패했으며 그것도 일 초식에 거꾸러졌다는 사실을 받아들이는 것이 쉽지 않은 표정이다.

그리고는 이윽고 고개를 숙였다.

"내가 졌소."

"아니오."

대무영이 손을 젓자 나운택은 고개를 들고 진중한 표정을 지었다.

"정정당당하게 싸워서 패했거늘 귀하는 나를 더 비참하게 만들 셈이오?"

씁쓸한 표정의 대무영은 그의 말이 옳다고 생각했다. 패한 사람을 패하지 않았다고 위로하는 것은 불에 기름을 끼얹는 일이다.

나운택은 의문이 가득한 표정으로 대무영을 주시했다.

"귀하의 사문은 어디요?"

자신을 일 초식에 굴복시킨 대무영이 필경 대단한 사문 출신이라고 짐작했다.

대무영은 어색하게 미소 지었다.

"나는 사문이 없소."

그의 말은 틀리지 않았다. 소림사와 무당파, 화산파의 무공을 두루 배웠으나 정식 제자로서가 아니라 훔쳐서 배웠기 때문이다.

나운택은 그의 말을 이해할 수 없다는 표정을 지었다.

"사문이 없다니… 그럼 어디에서 검술을 배웠소?"

그의 물음에 용구와 단목조원들도 호기심 어린 표정으로 대무영을 주시했다.

"산에서 혼자 연마했소."

"산에서… 혼자… 말이오?"

나운택은 어이없다는 표정을 지었으나 자신을 물끄러미 바라보는 대무영의 표정이 매우 순수하고 진심 어린 것이어서 믿지 않을 수가 없었다.

나운택은 무겁게 고개를 끄떡였다.

"그게 사실이라면 귀하는 무술의 귀재요."

그는 지금까지 누군가를 이처럼 칭찬해 본 적이 없다. 하지만 대무영을 칭찬하지 않을 수가 없었다. 자신을 비참하게 굴복시킨 승자를 말이다.

"귀하는 몇 살이오?"

"열여덟 살이오."

나운택은 대무영이 스무 살쯤 됐을 것이라고 생각했다가 더욱 충격을 받았다.

"귀하는 장차 강호에서 큰 위명을 떨칠 것이라고 나는 확신하오. 그리되면 나는 귀하에게 패한 것을 부끄럽게 생각하지 않을 것이오. 아니, 자랑스럽게 여길 것이오."

단목조원들은 얼굴을 찌푸렸다. 패한 주제에 무슨 귀신 씻나락 까먹는 소리냐는 표정이다.

"과찬이오."

대무영은 얼굴을 붉히며 손을 내저었다.

문득 나운택은 묵묵히 자신의 검파에서 '命'이라고 수놓아진 수실을 풀어서 대무영 옆 땅에 떨어져 있는 목검을 집어 들어 손잡이에 꼼꼼하게 묶어주었다.

강호에서는 원래 쟁천십이류를 꺾은 사람이 그것을 강탈해 가는 것이 대부분인데 나운택은 자진해서 수실을 묶어주고 있다.

대무영에게 패했음을 인정하고 그가 자신을 살리려고 애쓴 것에 적잖이 감동했으며 장차 그가 대단한 인물이 될 것이라고 믿기 때문이다.

 대무영은 그의 행동이 무엇을 뜻하는 것인지 모르지만 패한 사람의 행동이라서 잠자코 있었다.

 이후 나운택은 자신의 상의를 들춰 허리띠에 단단하게 묶여 있는 삼각형의 푸른색이 감도는 어떤 물건을 풀어 대무영에게 내밀었다.

 "이것을 귀하에게 주어도 전혀 아깝지 않소."

 "이게 무엇이오?"

 "쟁천증패(爭天證牌)를 모르오?"

 대무영은 고개를 가로저었다.

 "모르오."

 나운택은 어이없다는 표정으로 그를 물끄러미 쳐다보더니 진심이라는 것을 알아차렸다.

 "쟁천증패를 노리고 나하고 싸운 것이 아니었다니 귀하야말로 이 명협증패(命俠證牌)를 지닐 자격이 있소."

 "명협증패?"

 용구의 얼굴에는 기쁨이, 그리고 단목조원들의 얼굴에는 진한 아쉬움이 떠올랐다.

 왜냐하면 쟁천십이류의 증패, 즉 쟁천증패는 돈을 주고도 살 수 없는 진귀한 물건, 아니, 신물(信物)이기 때문이다.

조금 전에 단목조원들이 나운택 주위로 몰려든 이유는 그의 명협증패를 차지하려는 속셈이었다.

강호에서는 쟁천십이류를 정식으로 이기지 않고서도 쟁천증패를 갖고 다니는 인물들이 허다하다.

쟁천증패는 곧 명예와 권력을 상징하기 때문이다. 천하 어디에서라도 그것만 내보이면 싸우지 않고 적을 굴복시킬 수 있으며 다들 알아서 설설 긴다.

여북하면 진짜가 아닌 실물하고 비슷한 가짜 쟁천증패를 갖고 다니는 것이 강호에 유행처럼 번졌겠는가.

대무영은 나운택이 준 명협증패가 무엇인지 알지 못한 채 만지작거리며 살펴보았다.

"귀하의 이름 대무영을 기억하겠소."

나운택은 그 말을 남기고 말에 올라 그때까지도 혼절해 있는 친구 장호연을 태운 말을 이끌고 화음현 쪽 어둠 속으로 터벅터벅 사라져 갔다.

* * *

화음현 외곽에 위치한 오룡방은 방파 앞에서부터 북쪽 위수에 이르기까지 길이 십오 리, 폭 십여 리에 이르는 광활한 전답을 소유하고 있다.

 섬서성 대부분은 풀도 자라지 않는 황무지라서 농사를 짓는 것이 매우 어렵다.

 하지만 섬서성 서남쪽에 위치한 화음현 일대에는 위수가 황하(黃河)와 합류하는 지점까지 그리 넓지 않은 곡창지대를 형성하고 있다.

 그중에 이 할 정도가 오룡방의 소유다. 오룡방은 전답 모두를 그 지역 농사꾼들에게 소작을 주었으며, 거기에서 나오는 소출이 전체 수입의 칠 할을 차지한다.

 사정이 그렇다 보니까 그 전답을 차지하려는 싸움이 예로부터 끊이지 않고 일어났다.

 지금 현재도 섬서성과 하남성의 최소한 열 개 이상의 방, 문파들이 곡창지대 한 귀퉁이라도 차지하려고 싸움, 아니, 전쟁을 벌이고 있는 중이다.

 곡창지대의 이 할을 소유하고 있는 오룡방을 집적거리고 있는 방파는 두 군데다.

 위수 건너 대협현(大劦縣)의 적도방(赤刀幇)과 동쪽 하남성과의 경계 지역인 동관현(潼關縣)의 철검보(鐵劍堡)다.

 이미 적도방은 위수를 건너와서 오룡방 소유의 전답 중에서 오 할이나 강탈했다.

 철검보는 아직 전답을 차지하지는 못했으나 현재 전체 무사들을 보내서 시시각각 싸움을 걸며 오룡방과 극도의 신경전을 벌이고 있는 중이다.

적도방은 위수 건너 대협현 일대를 좌지우지할 정도로 큰 세력을 지니고 있는 대방파다.

오룡방에 비하면 무사들이 질적으로나 수로나 두 배 이상 막강하다.

철검보는 오룡방 정도 규모의 방파지만 결코 만만하게 볼 상대가 아니다.

특히 철검보는 일정한 수입원이 없다 보니 전답을 탈취하려고 혈안이다. 탈취하지 못하면 방파의 존립이 위태롭기 때문이다.

한꺼번에 적도방과 철검보 두 방파를 상대해야 하는 오룡방으로서는 말 그대로 앞문으로는 거대한 호랑이가 들이닥치고 있으며, 뒷문으로는 늑대가 진입하고 있는 전문거호후문진랑(前門巨虎後門進狼)의 절박한 상황이다.

이런 식의 강호인끼리의 싸움에는 관(官)이 일체 관여하지 않는다.

예로부터 관과 강호는 우물이 시냇물을 침범하지 않는다는 불문율이 암묵적으로 정해져 있다. 그래서 관의 일은 관이, 강호의 일은 강호인이 처리하는 것이다.

더구나 지금처럼 강호가 무림사 이래 최고로 번성한 시기에는 더욱 그렇다.

* * *

대무영의 단목조는 적도방이 점령한 전답을 되찾는 임무에 배치되었다.

대무영이 조장이 되기 전부터 흑룡단은 줄곧 그 임무에 매달려 있었다.

오룡방 네 개 단 중에서 흑룡단과 청룡단(靑龍壇)이 적도방을 상대하고 있는 상황이다.

적도방은 지난 추수철에 느닷없이 오룡방 소유 북쪽 전답에 침입하여 올해 추수한 곡식을 깡그리 털어갔다.

그것으로도 모자라서 그 지역을 아예 차지하고 눌러앉아 버린 것이다. 오룡방이 소유하고 있는 전체 전답의 절반에 달하는 광활한 지역이다.

오룡방은 적도방의 침입을 추호도 예상하지 못했기 때문에 허를 찔려 고스란히 뺏기고 말았다.

적도방이 침입할 때 마주쳐서 싸웠다면 지금처럼 힘겹지 않을 것이다.

그러나 이미 전답을 차지하고 들어앉아서 그곳에 적수분타(赤水分陀)까지 세운 적도방을 몰아내는 것은 노력은 배로 들면서도 소득은 전혀 없는 공염불일 뿐이다.

적도방 무사들의 수준이 오룡방보다 높을 뿐만 아니라 적수분타에 상주하고 있는 무사의 수는 오룡방 전체인 사백여 명에 달한다.

그런데도 오룡방은 전체 세력을 둘로 나누어 절반은 이곳 적수촌(赤水村) 지역에, 나머지 절반은 철검보를 상대하기 위해서 동쪽으로 보낼 수밖에 없는 형편이다.

그러므로 적도방 적수분타의 절반에도 못 미치는 흑룡단과 청룡단 이백여 명만으로 적수분타를 몰아내는 일은 어림도 없는 일이다.

오룡방 소유의 전답 한가운데에는 백여 장 높이의 그리 높지 않은 야산이 하나 있다.

소화산(小華山), 즉 작은 화산이라는 이름의 야산은 둘레가 오 리 남짓의 작은 규모이며, 산 서쪽에 적수촌이 자리 잡고 있다.

소화산 꼭대기에서는 오룡방 소유의 전답 전체가 사방으로 한눈에 굽어보인다.

그래서 적도방은 소화산 정상에 전각 십여 채를 짓고 그곳을 적도방 적수분타로 삼았다.

적도방은 적수촌에 살던 사람들을 모두 내쫓았으며, 내년 농사를 위해서 자신들의 본거지인 대협현에서 사람들을 대거 적수촌으로 이주시켜서 살게 했다.

올해 추수를 강탈한 것만으로도 모자라서 아예 이곳 적수 지역을 차지하고 눌러앉을 욕심이 아니고는 이런 짓을 벌일 리가 없다.

"오늘 밤에 적수분타를 야습한다."

흑룡단주는 주위에 모여 앉은 세 명의 향주와 아홉 명의 조장을 둘러보면서 낮은 목소리로 입을 열었다.

적수분타에 대한 야습이라는 것은 사실 새로울 것도 없다. 그동안 오룡방이 야밤에 적수분타를 급습한 것은 이미 이십여 차례가 넘었다.

하지만 급습할 때마다 번번이 실패했다. 적수분타의 무사 수가 이곳에 배치된 오룡방의 흑룡단, 청룡단보다 곱절이나 많으며 실력이 뛰어난 것도 이유지만, 소화산이 일개 야산인데도 불구하고 상상을 초월할 정도로 험준하기 때문이다.

오죽하면 작은 화산이라는 이름이겠는가. 소화산은 험준함이 화산에 비해서 더하면 더했지 절대 못하지 않았다.

높이 백여 장에 둘레 오 리에 불과한 자그마한 소화산에 협곡이며 울창한 숲, 계류, 그리고 깎아지른 절벽에 봉우리까지 중원오악(中原五岳)의 험준함만을 골라서 이곳에 모아둔 것 같다.

"오늘 밤의 야습은 지금까지와는 다르다."

흑룡단주 공손우는 결연한 표정을 지었다.

"흑룡단과 청룡단이 지난번과 같은 방법으로 소화산에 오르는 동안, 맹룡단(盟龍壇)과 황룡단(黃龍壇)이 동쪽과 북쪽에서 산을 올라 적수분타를 급습할 것이다."

"이번 야습에는 맹룡단과 황룡단까지 합세하는 것입니까?"

"그렇다."

향주와 조장들은 더욱 긴장된 표정을 지었다. 지금까지는 흑룡단과 청룡단만으로 여러 불리한 상황에서 적수분타를 급습하여 실패를 거듭했다.

맹룡단과 황룡단까지 가세하는 것은 이번이 처음이다. 오룡방 전체가 적수분타를 야습하는 것이다.

"그럼 철검보는 어찌합니까?"

맹룡단과 황룡단은 철검보를 막고 있었는데 그들을 빼내오면 동쪽이 뚫릴 것이다.

"그쪽에는 맹룡단과 황룡단이 그대로 있는 것처럼 잘 꾸며놓았다. 오늘 밤에 철검보가 급습을 하지 않는 한 탄로 나는 일은 없을 것이다."

그렇지만 위험천만한 모험이다. 만약 맹룡단과 황룡단이

그곳에 없다는 사실이 발각되면 철검보가 파도처럼 밀려들어와서 적도방이 점령하지 못한 나머지 오 할의 전답을 차지하고 말 것이다.

하지만 오룡방주로선 결단을 내려야만 했다. 소화산과 동쪽에서 한 차례씩 싸움을 벌일 때마다 오룡방은 평균 삼십여 명의 무사를 잃었다.

계속 무사들을 모집하여 충원하고 있지만 언제까지 이런 일을 다람쥐 쳇바퀴 돌듯이 계속할 수는 없는 노릇이라고 판단하여 결단을 내린 것이다.

그러므로 이것은 모두 되찾느냐, 아니면 깡그리 다 잃느냐의 사활을 건 승부라고 할 수 있다.

第六章
첫 전투

흑룡단이 소화산의 서쪽을, 청룡단이 남쪽을 맡았다.
 서쪽은 처음에 산기슭이 완만한 언덕으로 십여 장쯤 이어지다가 갑자기 암석지대의 가파른 비탈로 돌변하여 그런 상태로 정상까지 계속 이어진다.
 남쪽도 그와 비슷한 지형이지만 암석지대가 아니라 수목이 빽빽한 가파른 비탈이라는 점이 다르다.
 그리고 그곳에는 적도방이 적수분타의 공사를 위해서 공들여서 닦아놓은 길이 있다.
 수레 한 대가 간신히 지날 수 있을 정도의 폭이며 구절양

장(九折羊腸)의 구불구불한 길이 산 아래에서 정상의 적수분타까지 이어져 있다.

남쪽에는 길이 있는 대신에 적도방 무사들의 경계가 삼엄하기 이를 데 없다.

산 아래에서부터 이십여 장을 오르면 첫 번째 초소가 나타나고 그곳에 이십여 명의 적도방 무사가 눈에 불을 켜고 지키고 있다.

그들만 처치하면 쉬울 것 같지만 절대로 그렇지 않다. 거기에서부터 십오 장 위에 또 하나의 초소가 있으며 그곳에도 이십여 명이, 그리고 매 십오 장 거리마다 이십여 명씩의 무사가 지키고 있어서 그들을 깨부수고 오르는 것은 결코 쉬운 일이 아니다.

더구나 그들과 싸우고 있는 동안 위에서 적도방 무사들이 쏟아져 내려오면 오룡방은 패퇴할 수밖에 없다.

지난번에 흑룡단과 청룡단 이백여 명이 한꺼번에 그 길로 밀고 올라갔으나 결국 산중턱에도 이르지 못한 채 실패하고 말았다.

싸우고 있는 동안 적수분타에서 무사 전체가 대거 쏟아져 나왔기 때문이다.

그러므로 잘 닦여 있는 길로 오르는 것이 어쩌면 가장 어려운 방법일 수도 있는 것이다.

그래도 소화산에서는 서쪽과 남쪽이 다른 방향에 비해 오르기 수월한 터라서 지금까지 흑룡단과 청룡단은 줄곧 이곳으로만 올라서 공격을 했다.

맹룡단과 황룡단이 맡은 동쪽과 북쪽은 깎아지른 듯한 절벽이라서 날개가 없으면 오를 수 없을 정도로 험준하다.

그래서 적도방 적수분타에서도 동쪽과 북쪽은 전혀 경계를 하지 않고 있다.

맹룡단과 황룡단이 동쪽과 북쪽의 절벽을 오르려는 것은 적수분타의 허를 찌르려는 의도다.

흑룡단과 청룡단이 늘 오르던 방향으로 공격을 개시하면 적수분타에서 무사들이 나와 대응할 것이다.

그때 미리 절벽 꼭대기에 올라서 대기하고 있던 맹룡단과 황룡단이 적수분타를 급습하고, 허를 찔린 적수분타가 허둥거릴 때 흑룡단과 청룡단이 가세를 하여 일거에 섬멸한다는 작전이다.

문제는 맹룡단과 황룡단이 어떻게 절벽을 오르느냐는 것인데, 가장 보편적이고 간명한 방법, 즉 밧줄을 타고 오르는 것으로 결정했다.

최초에 날랜 무사 한 명이 무슨 수를 써서라도 절벽을 기어올라서 꼭대기에 여러 개의 밧줄을 묶으면 아래에 있던 무사 모두가 그것을 타고 오르는 것이다. 위험하고 시간이 많이 소요되겠지만 날개가 달리지 않은 이상 그 방법밖에는 없다.

 서쪽의 가파른 암석지대를 오르고 있는 흑룡단의 선두는 귀야향이 맡았다. 이유 같은 것은 없다. 귀야향이 흑룡단 제일향이기 때문이다.
 대무영의 단목조는 귀야향 소속 제삼조라서 선두의 후미에서 암석지대를 오르고 있다.
 일조 흑오조(黑烏組)와 이조 철완조(鐵腕組) 이십 명 바로 뒤에 대무영이 따르고 그 뒤를 단목조원들이 따른다.
 일조장 얼굴이 까마귀처럼 검다고 해서 별명이 흑오고, 이조장은 팔심이 무쇠처럼 강하다고 해서 철완이다.
 암석지대 중간쯤에 약간 비탈진 공터가 있다. 평지로부터 오십여 장 높이다. 일단 그곳까지 올라가면 적의 공격을 받더라도 마주 대항할 수 있지만, 그곳에 이르기 전에 공격당하면 매우 불리하다.
 위에서 쳐내려오는 공격에 대항하는 것은 힘이 배로 들기 때문이다.
 공터에 도달하기도 전에 대무영 바로 뒤에서 용구가 숨을 헐떡이며 몹시 지친 기색으로 부지런히 오르고 있다.
 용구 뒤로는 북설과 도무철, 막태 등의 순서로 따르고 있으며 강무교가 맨 뒤다.

어쩐 일인지 대무영이 형산파의 나운택을 꺾고 명협증패를 손에 넣어 명협이 됐다는 사실을 단목조원들은 오룡방의 아무에게도 말하지 않았다.

그런 엄청난 사실은 입이 근질거려서라도 아무나 붙잡고 말하고 싶을 텐데 이상한 일이었다.

마치 그런 일이 일어나지 않았거나 절대로 말하지 말자고 굳게 약속이나 한 것 같았다.

용구는 오룡방 내에 아는 사람이 아무도 없기 때문에 말하고 싶어도 할 수가 없는 처지였다.

대무영은 단목조원들이 그 일을 발설했는지 하지 않았는지 도무지 관심이 없었다.

하지만 그로서는 발설하지 않은 쪽이 좋다. 그 사실이 알려지면 몹시 귀찮아질 것이기 때문이다. 그는 귀찮은 것은 딱 질색이다.

그는 오늘 밤 야습에 전력을 기울일 각오다. 적도방이 오룡방의 전답을 강탈하고 적수촌 백성들을 강제로 몰아낸 일에 대해서 자세히 들었기 때문이다.

그가 생각하기에 적도방은 산적이나 다름이 없다. 그래서 그런 자들은 반드시 몰아내야 한다고 생각했다. 대무영의 가슴속에서는 첫 임무의 정의감으로 불타오르고 있다.

가파르기 짝이 없는 암석지대를 오르느라 다른 사람들은

대부분 기진맥진하는데 대무영은 숨결조차 한 올 흐트러지지 않았다.

숭산과 무당산, 화산 등 천하에서 가장 험한 산의 수천 척 높이 봉우리도 평지처럼 내달렸던 그이기에 이곳은 작은 동산이나 다름이 없다.

콰차차창!

"흐윽!"

"크악!"

그때 위쪽 선두에서 요란한 소리가 터졌다. 제일조 흑오조가 적과 싸움이 붙은 게 분명했다.

뒤따라 오르던 무사들의 행렬이 멈칫하면서 위를 쳐다보는 모두의 얼굴에 극도의 긴장감이 흐르고 있다.

드디어 싸움이 시작되었다. 오룡방 무사 중에는 수십 차례 싸워본 경험이 있는 백전노장이 있는가 하면 며칠 전에 새로 뽑힌 신출내기도 있다.

싸움에 이골이 난 무사들은 느긋하게 무기를 뽑으면서 싸울 준비를 하는 반면 신출내기들은 눈도 깜빡이지 않고 숨을 멈춘 채 긴장에 휩싸여 있다.

대무영이 올려다보니 흑오조는 암석지대 중간쯤에 있는 공터에 도착하기 직전에 공격을 당한 것 같았다.

불타는 듯한 홍의 경장을 입고 마치 피 칠을 한 것처럼 시뻘건 도, 즉 적도(赤刀)를 휘두르며 가파른 암석지대 위쪽 유리한 지형에서 흑오조를 공격하고 있는 자들은 적도방 무사들이었다.

위에서 치고 내려오는 수십 명의 적도방 무사의 공격에 흑오조는 제대로 반격조차 하지 못한 채 순식간에 네 명이 피를 뿌리며 쓰러져서 아래로 굴러 내렸다.

갑작스런 급습에 뒤따르는 제이조 철완조는 오르는 것을 멈추고 위를 쏘아보았다.

"공격!"

조장 철완이 바위를 박차고 위로 달려 올라가며 외치자 철완조원들이 와악! 하고 악다구니를 쓰면서 개떼처럼 뒤를 따랐다.

"단목조! 공격!"

뒤이어 대무영이 짧게 외치고는 두 발에 불끈 힘을 주어 쏜살같이 위로 튀어 올라갔다. 그는 공격한다는 생각만 했지 단목조원들이 자신을 제대로 따르지 못할 것이라는 생각은 미처 하지 못했다.

용구와 단목조원들은 그의 공격 명령에 일제히 도검을 뽑아 들며 튀어 올라갔다.

그런데 그들의 시야에서 대무영이 순식간에 사라졌다. 한 마리 표범처럼 놀라운 속도로 쏘아 오르더니 어느새 철완조를 앞지르고 있었다.

 단목조원들이 두어 번 눈을 깜빡거리고 있는 사이에 대무영은 이미 흑오조를 포위 공격하고 있는 적도방 무사들에게 이르렀다.

 순식간에 네 명을 잃은 흑오조는 조장 흑오와 여섯 명의 조원이 서로 등을 맞댄 채 작은 원을 형성하여 결사적으로 무기를 휘두르고 있었다.

 적도방 무사 이십여 명이 흑오조를 포위한 채 맹렬한 공격을 퍼붓고 있는데 곧 전멸할 것처럼 위태위태했다.

 그 위쪽 공터에서는 이십여 명의 적도방 무사가 언제든지 공격하면서 쏟아져 내려올 기세로 대기하고 있는 중이다.

 휘익!

 넉 자 반 길이의 무쇠 봉 끝에 삐죽삐죽 굵고 날카로운 수십 개의 침이 박힌 쇠뭉치가 달려 있는 낭아봉(狼牙棒)을 치켜들고 포위망 바깥쪽을 공격하려던 이조장 철완 옆으로 무엇인가 바람처럼 스쳐 지나갔다.

 '애송이?'

 방금 지나친 엄청 빠른 물체가 자신이 아까 단주의 작전회의 때 젖비린내 나는 애송이라고 비웃었던 삼조장 대무영이라는 것을 알아차리고 그는 움찔 놀랐다. 그러나 더 놀라운 일은 그 직후에 일어났다.

빠-빠-빠-빠-빡!

"끅!"

"어흑!"

대무영이 수중의 목검을 이리저리 번뜩이면서 돌진하자 포위한 채 공격하고 있던 적도방 무사 다섯 명이 순식간에 나가떨어지며 포위망이 뻥 뚫렸다.

그것으로 맹렬하게 흑오조를 포위 공격하던 적도방 무사들의 한쪽이 무너졌다.

철완은 자신의 눈을 의심했다. 그는 대무영이 어떻게 목검을 휘둘렀는지 제대로 보지도 못했다.

단지 그가 적도방 무사들에게 부딪쳐 가고 있는 상황에서 그들 중에 다섯 명이 와르르 그 자리에 주저앉는 광경만 봤을 뿐이다.

마치 그 다섯 명이 싸우기를 포기하고 자진해서 주저앉은 것 같은 광경이었다.

주저앉은 다섯 명이 하나같이 대무영의 목검에 무기를 잡고 있는 쪽 어깨를 맞아서 어깨뼈가 박살 났다는 사실을 알았다면 철완은 더욱 경악했을 것이다.

하지만 그것은 시작에 불과했다. 대무영은 몸을 회전하면서 포위망 바깥쪽을 돌며 화산파의 매화검법을 전개하여 적도방 무사들을 마구잡이로 거꾸러뜨렸다.

지금 그가 전개하고 있는 검법은 매화검법을 기초로 하고 있으나 이 년여 동안 그가 더욱 발전, 변형시킨 실전 검법이라고 할 수 있다.

그러므로 설혹 화산파 장문인이 이 광경을 본다고 해도 고개를 갸웃거릴지언정 이것이 매화검법이라고 단정할 수는 없을 것이다.

슈슈슉!

빠빠빠빡!

"큭!"

"커흑!"

대무영은 매화검법 삼 초식을 두루 전개하면서 또한 보법을 밟으며 종횡무진 누볐다.

그는 자신의 팔보다 더 자유자재로 목검을 사용했다. 무당산에서부터 목검을 사용했으니까 사 년 넘게 자신의 분신처럼 여기던 목검이다.

도저히 각도가 나오지 않는 방향에서, 또는 상황에서 목검이 튀어 나갔다.

매화검법은 다수를 상대할 때 유리한 검법이다. 일초식부터 삼초식까지 계속 이어지면서 물 흐르듯이 중간중간에 공격이 번갯불처럼 튀어 나간다.

적도방 무사들은 아무도 그의 옷자락조차 건드리지 못했

다. 아니, 근처에 접근조차 하지 못했다.

그들이 도망쳐야 한다는 두려움이 들었을 때에는 이미 다섯 명이 거꾸러졌으며, 도망치려고 행동으로 옮기려 할 때 다시 다섯 명이 더 쓰러졌다.

그리고 도망치려다가 마지막 대여섯 명이 모조리 어깨를 움켜잡고 가련한 신음을 터뜨리며 주저앉았다.

포위를 당했던 흑오조원과 도와주려고 달려온 철완조원은 손을 쓸 새도 없이 대무영 혼자 이십여 명의 적도방 무사를 모조리 쓰러뜨렸다.

그리고는 대무영 혼자 위에서 짓쳐 내려오고 있는 적도방 무사 이십여 명을 향해 비조처럼 돌진해 갔다.

"공격하라!"

뒤늦게 정신을 차린 흑오와 철완이 벼락처럼 외치며 조원들을 이끌고 대무영의 뒤를 따랐다.

흑오와 철완은 방금 전에 벌어진 일 때문에 귀신을 본 것 같은 기분이고 얼떨떨한 표정이다.

새로 들어온 삼조장이 신출귀몰한 엄청난 실력의 소유자일 줄은 꿈에서도 상상하지 못했다.

하지만 방금 전에 그들이 생생하게 목격한 광경은 절대로 꿈이 아니었다.

뻐뻐뻐뻑!

"어흑!"

"왁!"

대무영은 이미 몰려 내려오는 적도방 무사들을 모조리 쓰러뜨리고는 산중턱의 공터에 도달하여 또다시 이십여 명의 적을 상대로 혼자서 종횡무진 싸우고 있다.

저 광경은 절대로 헛것이 아니다. 흑오와 철완 두 사람이 똑같은 헛것을 보고 있을 리가 없다.

두 사람은 전후 사정은 잘 모르겠지만 어쨌든 대무영이 굉장한 실력자라고 확신했다.

그래서 어쩌면 이번 싸움에서 적수분타를 괴멸할 수도 있을지도 모른다고 조심스럽게 기대를 했다.

"정신 차려라! 뭣들 하느냐!"

그때 흑오와 철완을 앞질러서 공터로 달려 올라가면서 버럭 소리치는 사람이 있었다.

흑룡단주 공손우와 귀야향주 현종이다. 두 사람은 중간쯤에서 오르다가 선두의 광경을 보고 받는 즉시 달려 올라가고 있는 중이다.

공손우와 현종은 싸움이 벌어지고 있는 공터에 당도하고는 아연실색하고 말았다.

아래쪽에서는 위쪽의 공터가 보이지 않아서 어떤 상황인지 제대로 몰랐으나 막상 올라와 보니까 대무영의 모습은 보이지 않았다.

대신 공터에는 이십여 명의 적도방 무사가 쓰러졌거나 주저앉고, 또는 데굴데굴 구르면서 어깨를 부여잡고 끙끙 신음을 흘리고 있었다.

대무영은 적을 한 명도 죽이지 않았다. 대신 무기를 잡은 쪽 어깨를 박살 내서 더 이상 싸우지 못하도록 만들었다. 살인을 하지 않고 적을 무기력하게 만든 것이다.

공손우와 현종의 놀라움은 극에 달해서 벌린 입을 다물지 못했다.

어떻게 단 한 명이 잠깐 사이에 육십여 명의 적을 무기력하게 만들어놓고 다시 싸우러 혼자 적진으로 뛰어오를 수 있다는 말인가.

위를 올려다보자 커다란 바위 때문에 대무영과 적들의 모습은 보이지 않았다.

빠빠빡!

"꺼윽!"

"큭!"

하지만 위쪽의 바위 너머에서 목검이 적들을 두드리는 둔탁한 소리와 고통스러운 비명 소리가 폭죽 터지듯이 줄줄이 터져 나왔다.

또한 그 소리가 점점 위쪽으로 이동하는 것으로 미루어 대무영이 계속 적들을 쓰러뜨리면서 위로 향하고 있는 것이 분명했다.

"제압해라!"

공손우는 공터에 쓰러졌거나 주저앉아서 허둥거리고 있는 적들을 제압하라고 명령하고는 현종과 함께 전력을 다해 위로 달려 올라갔다.

대무영은 예상했던 것보다 적들이 형편없는 오합지졸이라서 조금 실망했다.

그는 자신이 그들에 비해서 월등하게 강하다는 생각은 하지 않았다.

쟁천십이류의 명협 형산일도풍 나운택마저도 일 초식에 꺾은 그에게 적도방 무사들은 그저 순한 양떼 같았다.

그의 눈에는 그들이 모두 제자리에 멈춰 서서 '여기 때려주세요' 하고 순서를 기다리는 듯했다.

날쌔고 포악한 산중의 온갖 맹수를 상대했던 그에게 적도방 무사들은 그저 움직이지 않는 물체 같았다.

또한 그는 산중에서 목검을 휘둘러 한 아름 이상의 나무조차도 쩍쩍 부러뜨렸기 때문에 될 수 있는 한 적들을 살살 때리려고 애썼다.

'이것은 강호가 아니다.'

그는 자만하지 않고 자신이 아직 강호에 발을 들여놓은 것이 아니라고 생각했다. 강호가 이처럼 무기력하진 않을 것이기 때문이다.

척!

그는 적도방 무사 팔십여 명을 혼자서 쓰러뜨리고 어느덧 정상에 올라섰다.

적수분타는 무사 사백 명을 절반으로 나누어 이교대로 하루씩 근무시키고 있다.

오늘 근무조인 이백 명 중에 백 명이 남쪽을 지키고 팔십 명이 이곳 서쪽을 지켰다.

그리고 나머지 이십 명은 정상에서 대기하고 있다가 도움이 필요한 쪽으로 달려가서 돕는 역할을 한다.

대무영이 단신으로 정상에 올라섰을 때 그곳에 있던 이십 명은 잔뜩 경계하며 감히 공격을 하지 못했다.

이곳에서는 아래쪽이 한눈에 내려다보여서 대무영이 바람처럼 이곳까지 쏘아 오르면서 동료들을 어떻게 했는지 똑똑하게 목격했기 때문이다.

그런데 대무영이 목검을 치켜들고 눈을 부릅뜬 채 달려들자 그들은 더러운 웅덩이에 모였다가 흩어지는 파리 떼처럼 사방으로 도망을 쳤다.

대무영이 달려가는 방향에는 고작 세 명이 죽어라고 도망치고 있었다.

 순간 대무영은 즉시 방향을 꺾어 적수분타의 높은 담을 향해 달려갔다.

 이번 공격의 목적이 조무래기들이 아니기 때문이다. 그들은 뒤따라오는 오룡방 무사들에게 맡기고 자신은 적수분타 내부를 칠 생각이다.

 바로 그때 공손우와 현종이 막 정상에 올라섰다가 담을 향해 달려가는 대무영을 발견했다.

 "탓!"

 대무영은 삼 장 높이의 담을 향해 가볍게 몸을 날리더니 중간에 발끝으로 담을 한 차례 살짝 박차고는 순식간에 담을 넘어 안으로 사라졌다.

 "저거……."

 현종은 자신의 눈으로 보고서도 믿을 수 없다는 표정으로 말을 잇지 못하고 대무영이 사라진 쪽을 가리켰다.

 흑룡단주인 공손우가 전력을 다한다고 해도 단번에 일 장(약 3.3m)을 도약하는 것은 무리다. 현종은 두말할 것도 없고 오룡방주쯤 돼야 가능할 것이다.

 그런데 두 사람 눈앞에서 대무영이 무려 삼 장 높이를 발끝으로 담을 한 차례 살짝 찍고는 새처럼 가볍게 날아서 넘어버린 것이다.

삐이익! 삐익!

담 밖에서 뿔뿔이 도망치는 이십 명의 적도방 무사가 사방에서 다급하게 호각을 불어댔다. 적수분타 안쪽에 위기 상황을 알리려는 것이다.

공손우는 공격 명령을 내리기 위해서 집결해 있는 오룡방 무사들을 쓸어보았다.

그런데 그때 적수분타 안쪽으로 사라졌던 대무영이 다시 담 밖으로 나는 듯이 넘어왔다.

공손우와 현종은 담 안쪽에 뭔가 급박한 상황이 벌어졌을 것이라고 지레짐작했다.

"무슨 일이 있느냐?"

하지만 대무영은 공손우와 현종 뒤쪽을 기웃거렸다.

"단목조원들은 안 옵니까?"

"왜 그러느냐?"

"조원들하고 같이 가야죠."

공손우와 현종은 어이없는 표정을 지었다가 대무영이 매우 진지한 표정인 것을 보고 실소를 흘렸다. 두 사람은 그가 순수한 사람이라는 것을 이미 알고 있었지만 이 정도까지일 줄은 예상하지 못했다.

어느 누구라도 그 정도로 굉장한 실력을 지니고 있다면 혼자 적수분타에 뛰어들어 분타주를 죽이는 등의 큰 공을 세우고 싶은 것이 인지상정이다.

 하지만 공손우와 현종이 보기에 대무영은 욕심이 없는 사람이거나 아니면 공을 세우는 것 따위는 추호도 관심이 없는 것이다.

 '어쩌면……'

 공손우는 이제야 허겁지겁 올라오고 있는 단목조원들에게 달려가는 대무영을 쳐다보며 눈을 좁혔다.

 "뭔가 다른 꿍꿍이가 있는 것인지도 모르겠군.'

 그런 생각이 불쑥 들었다. 그것은 오랜 방파 생활을 해본 사람만이 느끼는 어떤 본능적인 직감 같은 것이다.

 그가 봤을 때 대무영은 처음 조장 시험을 치를 때부터 이런 시골구석의 방파의 무사가 되겠다고 찾아온 것 자체가 이상할 정도로 발군의 실력이었다.

 대무영은 세 가지 시험 모두 전력을 다하지 않았다. 깃발을 돌아올 때에도 느긋하게 달렸고, 화살을 피하고 다섯 명의 전투무사를 통과할 때도 그들을 피하거나 마지막 한 명은 전혀 다치지 않게 했다.

 그뿐인가. 세 번째 시험에서는 충분히 공손우를 공격할 수 있는데도 하지 않았다.

 게다가 조금 전 실전에서 암석지대를 오르면서 진검을 사용하지 않고 목검으로 적들의 어깨만을 쳐서 한 명도 죽이지 않은 것은 더욱 이상한 일이다.

 '설마 적도방의 첩자인가?'

 그렇게 생각하면 대무영이 단신으로 팔십여 명이나 쓰러뜨리고 단숨에 정상에 도달한 것이 이해가 된다.

 적들하고 미리 짜고 그가 스쳐 지나면 적들이 추풍낙엽처럼 무조건 쓰러지는 것이다.

 '그렇다면 무슨 목적으로?'

 처음에는 대무영이 굉장한 실력자라고 놀랐으나 한번 의심을 하게 되자 의심이 꼬리에 꼬리를 물었다. 그리고 점점 더 커져 갔다.

 공손우는 대무영이 조금 전에 적수분타로 들어갔다가 다시 나온 것을 떠올렸다.

 단목조원들을 챙겨야 하기 때문에 다시 나왔다고 순진을 가장했지만 그것은 핑계일 것이다.

 '함정이다!'

 마침내 공손우의 의심은 확신으로 굳어졌다. 그는 대무영과 적수분타가 작당하여 안쪽에 무서운 함정을 파놓았을 것이라고 확신했다.

 그래서 대무영이 들어갔다가 다시 나온 것이다. 곧 오룡방 무사들이 들이닥칠 것이라는 사실을 알려주고 나온 것이 분명하다.

"아직 공격하지 말고 기다려라."

"어딜 가십니까?"

흑룡단 백여 명이 곧 담을 넘어 적수분타를 공격하려는 상황에서 공손우는 갑자기 대무영에게 달려갔다.

대무영은 단목조원들을 이끌고 다시 담 쪽으로 달려가다가 공손우와 마주쳤다.

"단주……."

대무영이 부르는데도 공손우는 듣지 못한 듯 굳은 얼굴로 그를 지나쳐 언덕 아래로 달려 내려갔다. 대무영이 첩자라는 증거를 잡으려는 것이다.

"멈춰라! 대기하라는 단주의 명령이다!"

현종은 적수분타의 담을 넘으려는 무사들을 이리저리 쫓아다니면서 만류했다.

급습은 촌각을 다투는 일인데 흑룡단 백여 명 전부가 적수분타 담 밖에서 웅성거리면서 공손우를 기다려야 하다니, 현종은 물론이고 다른 두 명의 향주와 조장들, 무사들의 불만이 드높았다.

물론 대무영과 단목조도 현종의 명령에 발목이 잡혀서 담 아래 옹기종기 서 있었다.

"이럴 리가……."

공손우는 망연자실했다. 다리에 힘이 풀려서 그 자리에 주저앉아 버렸다.

그는 대무영을 의심하기 시작하여 결국에는 그가 적도방의 첩자이며 오룡방 전체를 함정으로 끌어들여 몰살시키려 한다고 방금 전까지 믿고 있었다.

그래서 대무영이 쓰러뜨린 적도방 무사들을 조사하면 그들이 다친 곳 없이 말짱할 것이라고 확신했다.

그런데 아니다. 흑룡단 휘하 무사들이 제압해서 여기저기에 주저앉혀 있는 적도방 무사들은 앉아 있는 것조차도 고통스러운 듯 애처로운 신음을 흘리고 있었다.

더구나 공손우가 직접 손으로 만져서 확인한 결과 그들은 하나같이 어깨뼈가 박살 난 상태였다.

수많은 전투에서 싸움으로 잔뼈가 굵어진 공손우가 그것을 모를 리가 없다.

그들의 어깨뼈에 슬쩍 손을 대기만 해도 죽는다고 비명을 지르며 눈물을 흘렸다. 그러니 이것은 절대로 가짜일 수가 없는 것이다.

대무영과 적도방 무사들이 서로 짰다면 어깨를 이 지경으로 만들어놓았을 리가 없다.

이들은 다행히 어깨가 낫는다고 해도 앞으로는 절대 그 팔으로 칼을 잡을 수는 없을 것이다. 즉, 무사로서는 끝장이라는 말이다.

부상당한 적도방 무사들을 고문해서 실토를 받는 일이 있지만 공손우는 해보나마나라고 생각했다. 철저하게 대무영을 오해했던 것이다. 반대로 생각하면 대무영은 오룡방의 영웅인 것이다.

땅바닥에 주저앉아 있는 공손우의 얼굴이 충격과 자책으로 거멓게 변했다.

'이런 말도 안 되는 실수를……..'

처음부터 대무영을 의심한 것 자체가 실수였다. 그저 눈으로 본 그대로 단순하게 믿었다면 이런 엄청난 실수는 저지르지 않았을 것이다.

"단주!"

기다리다 못한 현종이 달려 내려와서 주저앉아 있는 공손우에게 소리쳤다.

공손우는 정신이 번쩍 들었다.

"즉시 공격해라!"

흑룡단 백여 명이 모두 적수분타 담 밖에 각 향과 조별로 모여 있었다.

원래 그곳에 있던 이십 명 적의 모습은 어디에서도 보이지 않았다. 아마 적수분타 안으로 피신했을 것이다.

북설이 슬그머니 대무영에게 다가와 옆에 서더니 나직한 목소리로 말했다.

"적수분타주 목을 따고 싶다."

"왜? 그자가 너의 원수냐?"

"아니. 상금을 우리 둘이 나누자."

"상금?"

북설은 의아한 표정을 짓는 대무영 옆에 태연하게 서서 까치발을 하고는 그의 귀에 입을 대고 소곤거렸다.

"적수분타주 목에 은자 오백 냥의 포상금이 걸려 있다."

대무영은 그녀의 말뜻을 이해했다. 적수분타주를 죽여서 포상금 오백 냥을 그녀와 대무영 둘이 이백오십 냥씩 나누자는 뜻이다.

사실 북설은 돈이라면 부모 형제나 동료도 몰라볼 정도로 환장을 하는 여자다.

적도방과의 한차례 싸움이 끝난 후 오룡방으로 돌아가서 논공행상(論功行賞)을 할 때 적도방 무사 한 명을 죽이거나 제압하면 은자 열 냥을 상으로 받으며, 조장은 삼십 냥, 향주 오십 냥, 단주급은 백 냥, 그리고 분타주는 오백 냥을 받는다.

원래 적도방의 분타주는 단주급이지만 적수분타는 요충지이기 때문에 부방주가 맡고 있다.

그런 포상금 제도가 있기 때문에 오룡방 무사들은 일단 싸움이 시작되면 적을 한 명이라도 더 죽이려고 악귀로 돌변해 버린다.

방파의 무사들이란 대부분 뜨내기, 즉 낭인무사들이다. 돈을 벌려고 여기저기 기웃거리기 때문에 강호에서 돈이라면 목숨도 아끼지 않는 탐부순재(貪夫徇財)의 무리라고 손가락질을 받고 있다.

특히 돈이라면 사족을 못 쓰는 북설은 일단 싸움이 시작되면 적을 한 명이라도 더 죽이기 위해서 거의 실성하다시피 한다.

오죽하면 한 푼이라도 더 벌고 싶어서 휴식을 취하러 오룡방에 돌아가지 않겠다고 조장이나 향주에게 어깃장까지 부리겠는가.

조원들은 항상 조장과 행동을 함께하기 때문에 조원들이 적을 몇 명이나 죽였는지 조장이 확인했다가 나중에 보고를 하면 그만큼의 포상금이 나온다.

그렇지만 적의 조장급 이상을 죽였을 경우에는 수급을 챙겨오는 것이 더 확실한 방법이다.

북설은 대무영이 지난밤에 형산일도풍 나운택을 일 초식만에 꺾었고, 또 조금 전에 적도방 무사 팔십여 명을 질풍처럼 쓰러뜨리는 것을 봤기 때문에 그와 손잡고 적수분타주를 죽이려는 것이다.

아니, 사실 대무영이 그러겠다고만 하면 북설이 할 일은 거의 없다.

그의 뒤를 졸졸 따라다니다가 적수분타주를 제압하게 되면 그자의 목을 따기만 하면 되는 것이다.

적수분타주가 강하기는 하지만 대무영이라면 충분히 그자를 죽이고도 남을 것이라고 판단했다. 이것은 그야말로 땅 짚고 헤엄치기다.

"어때? 구미가 당겨?"

북설은 말하고 나서는 새빨간 혀로 까칠한 혀를 핥으며 대무영을 빤히 주시했다.

스물한 살의 북설은 광대뼈가 조금 나오고 눈이 약간 움푹 들어간 예쁘장한 용모다.

그러면서 긴 머리카락을 틀어 올려서 머리에 얹고 그 위에 벙거지 같은 귀까지 덮는 모자를 쓰고는 끈으로 턱을 묶은 당찬 모습이기도 했다.

헐렁한 경장을 입었으며 보통 여자보다 조금 키가 크기 때문에 얼핏 보기에는 남자와 다를 바가 없다.

"좋다."

대무영은 어차피 자신도 돈이 필요하니까 선선히 고개를 끄떡여서 수락했다.

공손우가 나타나자 흑룡단 백여 명이 그를 주시하며 공격 명령을 기다렸다.

적수분타 놈들이 깊은 잠에 빠져 있을 때 공격을 했어야 하는데 지금은 많이 늦었고 기회를 놓쳤다.

지금 담을 넘으면 적수분타 무사들이 충분히 준비한 채 기다리고 있을 것이다.

그렇더라도 단주가 하는 일이니까 뭐라고 불평할 수도 없는 상황이다.

공손우는 바쁜 와중에도 곧장 대무영에게 다가와서 굳은 표정으로 그를 주시했다.

"적수분타주를 죽여라."

대무영은 북설에게 적수분타주를 죽여서 포상금을 나누자는 제의를 받았는데 공손우가 또 그런 명령을 하자 즉시 고개를 끄떡였다.

"그럽시다."

그는 아직 한 번도 사람을 죽여본 적이 없다. 하지만 사람을 절대로 죽이지 말아야 한다는 어떤 규칙 같은 것을 세운 적은 없다.

단지 지금까지 그럴 기회가 없었기 때문이다. 상대가 악인이거나 죽일 수밖에 없는 상황이라면 살인도 마다하지 않을 생각이다.

드넓은 강호에 진출하여 이름을 떨치고 나아가서 친아버

지를 찾으려고 하는 그가 살인을 마다하는 것은 말이 되지 않는다.

  공손우는 대무영이 적수분타주를 찾아내기만 하면 죽일 수 있을 것이라고 믿었다.

  그는 자신이 대무영을 의심했던 것에 대해서는 전혀 내색을 하지 않았으나 내심 미안한 심정이다.

第七章
논공행상(論功行賞)

공손우의 흑룡단이 공격한다는 사실은 즉시 대기하고 있던 맹룡단과 황룡단에 전해졌다.

하지만 맹룡단과 황룡단 무사 이백여 명은 절반 정도만 절벽에 올라와 있는 상황이다. 절벽이 워낙 험준하기 때문에 시간이 오래 걸리고 있다.

그래도 어쩔 수가 없다. 오룡방과 황룡단을 직접 이끌고 있는 오룡방주 쾌도신룡 유화곤(劉和坤)은 절반인 백여 명만으로 공격 개시를 명령했다.

나머지 절반은 절벽을 올라오는 대로 속속 공격에 가담하라고 지시를 내렸다.

 남쪽 길을 따라 올라오는 청룡단은 그대로 두었다. 그들은 적수분타 백여 명과 싸우느라 그곳에 묶어두고 있기 때문이다.

 적수분타에 들이닥친 흑룡단 무사들은 계획에 따라서 제일 먼저 전각들을 돌아다니면서 지니고 온 유황과 기름으로 불을 질렀다.

 지름 이백여 장 정도의 둥근 형태인 적수분타 안은 잠시 후 곳곳에서 불기둥이 치솟고 양쪽 무사들이 치열하게 혈투를 벌이기 시작했다.

 적수분타 삼백여 명과 오룡방 이백여 명의 싸움이라 수적으로 오룡방이 절대적으로 불리하다.

 이미 급습한다는 유리한 이점은 깨지고 말았다. 공손우가 지체했기 때문이다.

 오룡방주 쾌도신룡 유화곤은 이미 화살이 시위를 떠났기 때문에 이 싸움에 사활을 걸었다.

 그는 세 명의 아들딸과 다섯 명의 호위무사를 거느리고 눈에 불을 켠 채 미친 듯이 싸웠다.

 핏발이 곤두선 눈으로 먹이를 찾는 맹수처럼 주위를 두리번거리던 유화곤의 시선에 오른쪽 십오륙 장 거리에서 오룡방 무사들을 마구잡이로 베고 있는 한 명의 텁석부리 거구의 중년인의 모습이 들어왔다.

'마궁효(馬穹梟)!'

적수분타주이자 적도방 부방주인 귀염도(鬼炎刀) 마궁효가 바로 그다.

그때 십오륙 명의 적도방 무사가 한꺼번에 덮쳐오며 공격하자 유화곤은 그들을 상대하면서 자신의 아들딸들에게 외쳤다.

"얘들아! 여긴 아비에게 맡기고 어서 저놈 적수분타주를 죽여라!"

유화곤의 첫째와 둘째 아들, 그리고 막내딸이 바람처럼 귀염도 마궁효를 향해 달려갔다.

이들 세 명은 첫째가 이십팔 세, 둘째가 이십삼 세, 막내딸이 십팔 세로 한창 혈기방장하고 겁나는 것이 없는 팔팔한 나이다.

이남일녀는 각자 길게는 오 년, 짧게는 이 년 동안 집을 떠나 명문 정파에서 무술을 배우고 온 터라 자신들은 일반 무사들하고는 수준이 다르다고 확신하고 있으며 실제로 아버지와 함께 오룡방에서 중추적인 역할을 담당하고 있다.

마궁효는 십여 명의 심복과 한 명의 단주, 두 명의 향주를 거느린 상태에서 개떼처럼 달려드는 오룡방 무사들을 상대하

논공행상(論功行賞) 181

고 있었다.

 마궁효의 목에는 자그마치 은자 오백 냥, 그리고 그의 주위에서 싸우고 있는 단주와 향주는 각각 백 냥과 오십 냥이 걸려 있다. 그러므로 그들 중에 한 명만 죽인다고 해도 횡재를 하는 것이다.

 특히 운이 좋아서 마궁효를 죽일 수만 있으면 그야말로 팔자가 편다.

 그래서 마궁효를 죽이려고 오룡방 무사 오십여 명이 몰려들어서 치열한 혼전을 벌이고 있다.

 그들 중에는 오룡방의 맹룡단주와 세 명의 향주, 다섯 명의 조장도 섞여 있다.

 포상금도 포상금이지만 마궁효를 죽이거나 제압하면 적수분타 전력에 큰 차질이 생길 것이고 사기가 크게 떨어질 것이기 때문이다.

 마궁효는 팔백여 명을 거느리고 있는 대협현의 패자 적도방의 이인자다.

 실력 면에서도, 그리고 영향력 면에서도 그는 대단한 실력자인 것이다.

 마궁효 쪽은 모두 열다섯 명인데 포위하여 공격하는 오룡방은 오십여 명이나 된다.

 그런데 포위망 바깥쪽에서 적도방 무사들이 오룡방 무사

들을 다시 포위하여 공격하기 시작했다.

조금 열세에 처했던 마궁효 일당은 기세가 올라 안쪽에서 바깥쪽으로 거세게 몰아붙였다.

마궁효의 이름에 올빼미 '효(梟)' 자가 들어 있는 것과 그의 용모가 정말 올빼미와 흡사하게 닮았다는 사실은 우연이 아닐 것이다.

그는 체구가 매우 크고 범강장달이처럼 포악한 모습이다. 더구나 수중의 시뻘건 도는 보통 도보다 세 배 가까이 어마어마하게 컸다.

뿐인가. 그의 성명 무기인 귀염도를 휘두르는 위력 역시 엄청나서 오룡방 무사들이 섣불리 도검으로 막았다가 모조리 부러지고 말았다.

그러나 수적으로 열세인 오룡방은 마궁효에게 더 많은 무사를 보낼 수 없는 형편이다.

오히려 지금 그를 상대하고 있는 무사들을 빼내야만 하는 어려운 상황이다.

오룡방주 유화곤의 삼남매 태(太), 웅(雄), 조(照)는 당차게 마궁효를 죽이러 달려갔으나 이중으로 쳐져 있는 포위망을 뚫지 못했다.

오히려 바깥쪽의 적도방 무사 십여 명에게 집중적으로 공격을 받게 되어 그들을 상대하느라 오도 가도 못하는 신세가 돼버렸다.

 적의 우두머리 마궁효를 지척에 두고도 졸개들하고 싸워야만 하는 삼남매, 즉 오룡방과 화음현에서 유삼용봉(劉三龍鳳), 즉 유씨 가문의 두 마리 용과 한 마리 봉이라고 불리는 그들은 답답해서 속이 터질 지경이다.

 대무영이 나타난 것은 바로 그때였다. 그는 마침 막내딸 유조(劉照)의 뒤쪽을 지나치면서 적의 포위망을 뚫으려고 하는 참이었다.

 물론 그는 그들 유삼용봉이 오룡방주의 자식들이라는 사실을 알지 못했다.

 "앗!"

 전면과 좌우의 네 무사를 상대로 치열하게 싸우고 있던 녹의 경장을 입은 유조는 뒤쪽에서 또 다른 무사 한 명이 자신의 머리를 향해서 맹렬하게 도를 휘둘러 오는 것을 한발 늦게 발견하고 나직한 비명을 토했다.

 그렇지만 뻔히 알면서도 지금 상대하고 있는 네 명에게서 몸을 뺄 수도 피할 수도 없는 상황이다.

 하지만 이대로 있다가는 후방 오른쪽에서 무시무시하게 그어오는 도에 머리가 통째로 잘리고 말 것이다.

 이제 겨우 십팔 세. 이 년 동안 명문에서 무예 수련을 하고 돌아와서 창창한 청운의 꿈을 미처 펼쳐보기도 전에 전장의 이슬로 사라지기 직전이다.

빡!

"어흑!"

그런데 그때 갑자기 그녀의 머리를 향해 베어오던 도가 뚝 멈추면서 대신 답답한 신음이 터졌다.

그리고는 적도방 무사 한 명이 그녀의 오른쪽으로 부딪칠 것처럼 쓰러지자 그녀는 얼른 피하는 것과 동시에 싸움에서 두어 걸음 물러났다.

"으허억!"

땅에 쓰러진 적도방 무사는 오른쪽 어깨를 움켜잡은 채 죽어가는 듯한 신음을 흘렸다.

유조는 누가 자신을 구해주었는지 쳐다보다가 벙거지를 뒤집어쓴 북설과 눈이 마주쳤다.

그녀는 북설이 입고 있는 옷을 보고 오룡방 흑룡단 휘하라는 것을 즉시 깨닫고 고맙다는 눈빛을 보냈다.

그러나 북설은 그녀의 시선을 외면하고 한쪽 방향으로 뛰듯이 부리나케 걸어갔다.

그러다가 유조는 북설의 앞쪽에서 괴이한 일이 벌어지고 있는 광경을 목격했다.

빠빠빠빡!

"큭!"

"캑!"

북설 앞쪽으로 키가 크고 체격이 좋은 한 사람이 포위망을 거침없이 뚫으면서 진입하고 있는데, 포위한 상태에서 오룡방 무사들과 싸우고 있던 적수분타 무사들이 저절로 쓰러지면서 길을 터주고 있는 것이 아닌가.

절대로 그럴 리가 없다고 생각한 유조는 눈을 크게 뜨고 다시 똑똑히 쳐다보았다.

뻐뻐뻐뻐뻑!

"어이쿠!"

"으악!"

그리고 봤다. 아니, 사실은 제대로 못 봤다. 단지 그 사람의 오른팔이 허공의 파리를 쫓듯이 부지런히, 그러나 육안으로 보이지 않을 정도로 매우 빠르게 움직이고 있는 광경만 어렴풋이 보았을 뿐이다.

그 사람, 즉 대무영이 지난 길은 낫으로 벼를 벤 것처럼 일직선으로 뻥 뚫려 있었다.

그리고 그곳에 어리둥절한 표정의 오룡방 무사들이 우두커니 서서 대무영을 쳐다보고 있었다. 갑자기 싸울 상대를 잃어버린 것이다.

또한 쓰러진 적도방 무사들은 죽지 않았으며 피도 흘리지 않았고 다만 무기를 쥐고 있는 쪽 어깨를 부여잡고 고통스럽게 끙끙거렸다.

 대무영은 빠르지도 느리지도 않게 성큼성큼 걸어서 곧장 마궁효에게 다가가면서 연신 목검을 휘둘렀다.

 적도방 무사들이 한꺼번에 공격해 와도 그의 빠른 눈은 정확하게 허점을 찾아냈으며, 그보다 더 빠른 목검이 어김없이 어깨를 강타했다.

 빠빠빠빡!

 "끅!"

 "크헉!"

 유조는 대무영이 콩 타작하듯이 수중의 목검을 휘두르고 그가 지나칠 때마다 서너 명의 적이 한결같이 어깨를 움켜잡고 쓰러지는 것을 보면서 놀라움, 아니, 경악을 금하지 못했다.

 그녀는 자신의 검술이 대단한 수준이라고 믿고 있었으나 지금 보고 있는 사람에 비한다면 그야말로 조족지혈이라는 것을 절감했다.

 "조야! 위험하다!"

 채채챙!

 그때 둘째 오빠 유웅이 그녀를 공격하려던 두 명의 적을 물리치면서 다급하게 외쳤다.

 '본 방에 저렇게 고강한 인물이 있었던가?'

유조는 대무영을 계속 보고 싶은 것을 꾹 참으면서 부지런히 수중의 검을 휘둘렀다.

그러면서 조금 전에 그가 자신의 목숨을 구해주었다는 사실을 알게 되었다.

대무영은 거침없이 마궁효의 일 장 반 거리까지 이르렀는데도 멈추지 않고 계속 같은 보폭으로 성큼성큼 전진하며 적들을 쓰러뜨렸다.

북설은 양손에 쌍검을 움켜잡은 채 아직 한 번도 사용하지 않고 대무영 뒤만 졸졸 따라가고 있다.

마궁효와 주위에 있던 그의 수하들은 대무영이 포위망을 파죽지세로 뚫으면서 곧장 다가오는 것을 보고 놀라면서도 긴장된 표정을 짓고 있었다.

"이놈!"

"죽어랏!"

순간 마궁효 주위에 있던 심복 다섯 명이 일제히 대무영에게 도를 휘두르며 맹공격을 퍼부어왔다.

마궁효 등과 싸우고 있던 오룡방 단주와 향주, 조장 등이 다급히 외쳤다.

"위험하다!"

빠빠빠빡!

"캑!"

"끄악!"

다급하게 외쳤던 오룡방 단주 등은 자신들의 외침과 동시에 마궁효의 심복 다섯 명이 한결같이 어깨가 무너지며 주저앉는 것을 발견하고 멍한 표정을 지었다.

그들만이 아니다. 피아를 막론하고 모두 싸움을 멈추고 놀란 얼굴로 대무영을 주시했다.

대무영은 최초에 걸음을 옮기기 시작해서 한 번도 멈추지 않았으며, 그것은 마궁효와 일 장 거리를 남겨둔 지금도 마찬가지다.

마궁효와 단주, 향주 등은 대무영의 귀신같은 솜씨에 적잖이 놀라 그 자리에 굳어버렸다.

도대체 방금 전에 대무영이 다섯 명의 심복을 어떻게 쓰러뜨렸는지 아무도 보지 못했다. 단지 둔탁한 소리와 비명 소리만 들었을 뿐이다.

저벅저벅.

조용한 가운데 대무영이 마궁효를 향해 계속 걸어가는 발소리만 자늑자늑 울렸다.

이윽고 그의 걸음이 멈춰졌다.

슥…….

그는 오른팔을 쭉 뻗어 목검으로 마궁효를 가리키며 조용한 목소리로 물었다.
"당신이 적수분타주인가?"
"그렇다. 넌 누구냐?"
마궁효는 오른손에 잔뜩 움켜쥐고 있는 귀염도로 언제라도 휘둘러서 대무영의 머리를 쪼갤 수 있도록 만반의 준비를 갖추었다.
마궁효 좌우에 있는 다섯 명의 심복과 한 명의 단주, 두 명의 향주 등은 마궁효의 속셈을 알아차리고 그가 공격할 때 함께 공격하려고 잔뜩 벼르고 있었다.
그러나 대무영은 아무것도 모르는 듯 어린 소년처럼 해맑고 싱그러운 미소를 지었다.
"나는 오룡방 흑룡단 휘하 귀야향 소속 단목조장이다."
그는 자신의 지위를 매우 자랑스럽게 알려주었다.
마궁효는 상대가 일개 조장 따위라는 것을 알고는 와락 인상을 썼다.
"그런데 내게 볼일이 있느냐?"
대무영은 목검을 거두며 명랑하게 웃었다.
"하하하! 지금은 오룡방과 적수분타가 한창 싸우는 중인데 내가 당신에게 볼일이 있다면 무엇이겠느냐?"
"그게 뭐냐?"
북설은 대무영 한 걸음 뒤에 서 있었다. 그녀는 그의 말이 끝나기 무섭게 마궁효를 공격하려고 양손의 쌍검을 잔뜩 힘주어 움켜잡았다.

"당신, 죽어줘야겠다."

"뒈져랏!"

휘이잉!

대무영의 말이 끝나기도 전에 마궁효의 귀염도가 무시무시하게 허공을 가르는 소리가 터졌다.

그와 동시에 마궁효 좌우의 심복들과 단주, 향주들도 일제히 대무영을 향해 도를 그어갔다.

대무영의 뒤에 서 있던 북설은 이때다 싶어 재빨리 오른쪽으로 한 걸음 나갔다.

거기에서 전진을 하며 상체를 쓰러뜨리면서 마궁효의 왼쪽으로 미끄러져 가며 옆구리를 공격할 작정이다.

그런데 그녀 앞에 있던 대무영의 모습이 감쪽같이 사라지면서 북설의 모습이 드러났다.

그렇게 되자 막 상체를 숙이고 앞으로 쏘아가려던 북설의 한 몸으로 마궁효와 그의 일당의 도가 한꺼번에 우박처럼 와르르 쏟아져 오는 형국이 되고 말았다.

'이놈 새끼가……'

그녀는 속으로 대무영에게 욕을 퍼부었으나 그렇다고 이 상황이 변하는 것은 아니다.

그때 그녀의 눈에 대무영의 모습이 보였다. 그는 상체를 납작하게 숙인 자세로 앞으로 돌진하고 있었다. 그리고는 적들의 두 걸음 앞에서 번쩍 솟구쳐 오르며 목검을 번개같이 휘둘렀다.

빠빠빠빠빡!

"크으……."

"크액!"

"왁!"

북설과 오룡방 무사들은 보았다. 대무영이 솟구치면서 신들린 듯이 목검을 휘둘러 적들을 모조리 비틀거리게 만들고 범강장달이 같은 거구 마궁효의 머리 위에 떠서 멈추어 있는 광경을.

이미 귀염도로 허공을 후려친 마궁효는 대무영의 모습을 잃어버려서 허둥거리고 있는 상태다.

팩!

쩍!

"끅!"

대무영의 목검이 아래를 향해 허공을 가르는 것과 동시에 마궁효의 정수리를 갈겼다.

오룡방이든 적수분타든 모든 무사가 손을 멈춘 채 허공에 떠 있는 대무영과 우르르 쓰러지고 있는 마궁효, 그리고 그의 측근들을 망연자실 쳐다보고 있었다.

마궁효 한 명만 목검에 정수리를 가격당해 즉사했고, 나머지는 모두 어깨가 박살 나서 쓰러졌다.

아무도 입을 열지 않았다. 다만 만면에 혼비백산한 표정을 가득 지은 채 쓰러져 있는 마궁효 일당을 쳐다보고만 있을 뿐이다.

가장 먼저 정신을 차린 사람은 북설이었다. 그는 대무영에게 기대를 걸기는 했으나 이처럼 간단하게 목적을 달성할 줄은 예상하지 못했다.

그녀는 자신의 한 걸음 앞에 길게 엎어져 있는 마궁효를 굽어보다가 득달같이 달려들어 단칼에 목을 잘랐다.

드극.

그녀의 두 눈은 핏발이 곤두섰으며 입에는 탐욕과 득의한 미소가 머금어졌다.

마궁효의 수급을 손에 넣었으니 엄청난 거금 은자 오백 냥, 아니, 이백오십 냥을 번 것이다.

그러나 그것만이 아니다. 그녀 주변에는 단주 한 명과 향주 두 명, 그리고 마궁효의 심복들이 뭉텅이로 쓰러져 있으니 목을 베기만 하면 된다. 그들도 모두 돈이다.

마궁효의 수급이 목에서 분리되어 약간 데구루루 구르는 것을 보며 오룡방 사람들은 질린 표정을 지었다.

그러나 북설은 그것으로 성이 차지 않는지 어깨를 부여잡은 채 주저앉아 있는 단주와 향주들에게 검에서 피를 뚝뚝 흘리며 다가갔다.

수급을 얻기 위해서 살아 있는 그들의 목을 자르려는 것인데 그녀는 그러고도 남을 여자다.

퍽!

"큭!"

그녀는 앉아 있는 적수분타 단주의 가슴을 발로 차서 뒤로 쓰러뜨리고는 그가 움직이지 못하도록 가슴을 발로 밟고 목에 검을 들이댔다.

"으으으……."

산 채로 목이 잘리게 된 단주는 얼굴이 새하얗게 질려서 부들부들 떨었다.

"그만해라."

그때 대무영이 조용히 한마디를 툭 던지고는 다른 적을 찾아서 저쪽으로 달려갔다.

북설은 단주의 목에 검을 갖다 댄 채 그를 잠시 쏘아보다가 이윽고 검을 거두었다.

죽이든 살리든 포상금을 받는 것은 매한가지라고 생각한 것이다.

*   *   *

 천하의 변두리라고 할 수 있는 섬서성 서남부의 곡창지대 한복판에 우뚝 솟은 소화산에서의 지루하고도 길었던 작은 전쟁이 막을 내렸다.
 오룡방은 그 전쟁에서의 승리로 그 이상의 것들을 얻어낼 수 있었다. 그것은 오룡방으로서도 예상하지 못했던 것들이다.
 원래 화음현 일대에는 이십여 개의 크고 작은 방, 문파들이 도토리 키 재기처럼 아옹다옹하고 있었다.
 그들은 오룡방이 전답의 절반을 위수 건너 대협현, 즉 타지역의 방파인 적도방에게 강탈당했을 때에도 강 건너 불구경하듯 일체 도움을 주지 않았다.
 아니, 오히려 다들 속으로 쾌재를 불렀다. 고만고만한 방, 문파들끼리 화음현 일대에서 정해져 있는 뻔한 이득을 놓고 다투고 있는 터에 한 방파라도 잘못되면 결국 그게 자신들의 이득으로 직결되기 때문이다. 즉, 타인의 불행은 나의 행복인 것이다.
 그리고 다들 오룡방이 적도방에게 강탈당한 전답을 끝내 되찾지 못할 것이라고 장담했다.
 어쩌면 나머지도 모두 뺏기고 말 것이라고 전망하는 사람들도 많았다.

 그런데 모두의 예상을 철저하게 박살 내고 오룡방이 적수분타를 요절내 버리고 잃었던 전답을 모조리 되찾는 믿어지지 않는 사건이 벌어졌다.

 더구나 오룡방은 적수분타를 철저하게 괴멸시켜 버렸다. 적수분타의 사백여 명 중에서 적도방으로 도망친 무사는 단 한 명도 없었다.

 사백여 명 중에 칠십여 명이 죽었으며 무려 삼백삼십여 명을 제압해서 포로로 끌고 왔다. 이런 엄청난 대승은 실로 전무후무한 일이다.

 그로 인해서 화음현은 벌집을 쑤셔놓은 것처럼 발칵 뒤집혀 버렸다.

 오룡방이 얻은 첫 번째 이득은 오룡방의 서열이 단번에 화음현 일대 최고로 떠올랐다는 사실이다.

 그리고 두 번째는 오룡방 전답의 나머지 절반을 호시탐탐 노리고 있던 동쪽의 철검보가 겁을 집어먹고는 물러갔다는 사실이다.

 세 번째는 화음현 일대의 방, 문파들이 손을 내밀어 화친을 하자고 먼저 제의를 하고 있었다.

 만약 오룡방이 화음현의 여러 방, 문파와 협약, 혹은 맹약을 맺는다면 장차 어느 누구도 오룡방을 쉽게 건드리지 못할 것이다.

오룡방을 건드리면 협약이나 맹약을 맺은 방, 문파들을 한꺼번에 건드리는 격이 돼버리기 때문이다.

* * *

오룡방에서 대대적인 논공행상이 벌어졌다.

그날의 초미의 관심사는 두말할 것도 없이 대무영이었다.

적수분타와의 싸움에서 대무영이 제압한 적은 정확하게 이백십오 명이었다.

어째서 한 명도 틀리지 않고 정확하게 알 수 있냐면, 어깨가 박살 난 적이 몇 명인지 세어보면 되기 때문이다.

무기를 사용하는 어깨가 박살 난 적이 이백십사 명, 그리고 목이 잘린 적수분타주 귀염도 마궁효까지 포함해서 이백십오 명인 것이다.

적수분타에 상주하고 있던 적 사백여 명 중에서 이백십오 명을 제압했다면 대무영 혼자서 전체의 절반 이상을 제압했다는 말이다.

적도방 무사 한 명당 은자 열 냥이고, 조장 삼십 냥, 향주 오십 냥 등의 포상금으로 계산하면 대무영은 무려 은자 삼천 냥 정도를 받게 된다.

그러나 오룡방주 쾌도신룡 유화곤은 그런 포상금 계산법을 무시해 버렸다.

대무영의 공로는 단지 적을 많이 제압했다는 것만이 아니기 때문이다.

그가 아니었으면 그날의 싸움에서 절대로 적수분타를 괴멸시키지 못했을 것이다.

그것은 반대로 오룡방이 이후로도 절대 적수분타를 함락하지 못할 것이라는 뜻이 된다.

대무영은 적수분타를 괴멸시키는 데 일등공신일 뿐만 아니라 어마어마한 전답을 회복시켜 주고, 적수촌에서 살다가 쫓겨난 이천여 명의 백성에게 보금자리를 되찾아준 일대 영웅인 것이다.

오룡방주 유화곤은 그의 공로를 뭉뚱그려서 자그마치 은자 만 냥을 내렸다.

포상금과 감사의 뜻으로 오천 냥을, 그리고 앞으로 일 년 동안 단주의 지위로서 오룡방에 머물러 준다는, 즉 계약금으로 오천 냥, 도합 만 냥인 것이다.

그러나 대무영은 포상금 오천 냥만을 받았다. 그는 일 년 동안이나 오룡방에 머물 생각이 추호도 없었다.

흑룡단 건물 이 층에서는 희비가 교차하는 소리가 밖에까지 흘러나왔다.

논공행상 때 포상금을 많이 탄 무사와 적당하게 탄 무사, 그리고 한 푼도 받지 못한 무사들이 터뜨리는 환희와 비탄의 소리였다.

그 소리는 귀야향 소속 단목조에서도 마찬가지로 흘러나오고 있었다.

대무영을 제외하고 단목조에서 가장 많은 포상금을 받은 사람은 당연히 북설이다.

그녀는 대무영하고 거래를 한 결과 적수분타주 귀염도 마궁효를 죽인 포상금으로 은자 이백오십 냥을 받았다. 오백 냥을 대무영하고 나눈 액수다. 그것은 손도 대지 않고 코를 푼 것이나 다름이 없다.

이후 그녀는 다섯 명의 적을 더 죽여서 오십 냥을 받아 도합 은자 삼백 냥이라는 거금을 손에 쥐었다.

적을 죽인 것을 자신이 소속된 조장이 확인해 주지 못할 경우에는 다른 조장이나 향주 이상이 확인하면 되고, 그러지도 못할 상황이라면 같은 오룡방 무사 두 명 이상이 증인을 서면 된다.

그러나 더 확실한 방법은 적의 수급을 잘라오는 것인데, 북설은 그렇게 했다.

적수분타주 귀염도 마궁효와 단주, 향주, 조장 이하 사백여 명 전부를 모조리 죽이거나 제압해서 오룡방으로 끌고 왔으나 오룡방도 피해를 전혀 입지 않은 것은 아니다.

오룡방의 피해는 사망 삼십육 명에 부상 칠십여 명으로 적수분타에 비하면 아무것도 아니다.

단목조도 한 명이 죽었으며 세 명이 다쳤으나 큰 부상은 아니다.

第八章
선행(善行)

"병신 같은 놈, 주제를 알아야지 포상금은 아무나 타먹는 줄 아나?"

단목조원인 거구의 막태가 인상을 쓰며 투덜거렸다. 단목조의 우평림(宇平林)이라는 조원이 적수분타와의 전투에서 죽은 것을 두고 하는 소리다.

이십팔 세의 우평림은 무술도 그다지 뛰어나지 않았으며 특출한 것이라고는 없는 조원이었다. 그래서 단목조 내에서도 별로 눈에 띄는 행동을 하지 않고 조용하게 자리만 차지하고 있는 편이었다.

그런데 우평림은 돈 욕심이 많았다. 싸움만 나가면 어떻게 해서든지 적을 죽이려고 기를 썼다.

그렇지만 그는 싸움터에서 제 한목숨 부지하기에도 빠듯한 실력이어서 적을 죽여 포상금을 타는 경우는 한 번도 없었다고 한다.

막태가 말한 것처럼 포상금이라는 것은 아무나 타 먹는 것이 아니다.

우평림이 그렇게 포상금을 타려고 기를 쓰는 이유는 부양할 가족이 나무에 연 걸리듯이 주렁주렁 매달려 있기 때문이라고 한다.

노부모에 마누라와 처제 두 명, 그리고 알토란 같은 두 명의 자식까지 도합 일곱 명이나 혼자서 먹여 살려야 하는 각박한 형편이었다.

대무영을 제외한 단목조원 열 명이 모두 조장실 옆 숙소에 모여 있는데 우평림의 죽음 때문에 분위기가 매우 무겁게 가라앉아 있었다.

쩔렁!

북설의 맞은편 칸막이에 앉아서 두 팔꿈치를 무릎에 대고 앉아 있던 강무교가 하얗게 반짝이는 물체 몇 개를 탁자 위에 던졌다.

"포상금 탄 사람들이 조금씩 갹출하자."

반짝이는 은자 다섯 냥이다. 그는 이번 싸움에서 적도방 무사 세 명을 죽여 삼십 냥의 포상금을 탔다.

"지미럴! 피 같은 돈이 나가는군."

막태가 투덜거리면서 자신도 다섯 냥을 꺼내 강무교가 던진 은자 옆에 내려놓았다.

그는 두 명을 죽여서 이십 냥을 탔으나 강무교하고 같은 액수를 내놓았다.

이번 싸움에서 포상금을 탄 사람은 강무교와 막태, 북설, 대무영, 그리고 용구와 도무철이다.

삼십팔 세 최고령자 함자방과 계집애 같은 이반, 백면서생 주고후, 차관보(車關甫)라는 조원 등은 살아오기 바빠서 한 푼도 받지 못했다.

용구가 쭈뼛거리면서 탁자에 은자 한 냥을 내려놓았다. 그는 적 한 명을 죽여서 열 냥을 받았다.

그도 돈을 벌어서 집으로 보내야 하는 절실한 형편이라서 더 내놓고 싶지만 그럴 수가 없다.

대무영과 용구보다 이틀 먼저 들어온 도무철은 대무영과 북설을 제외하곤 적 여섯 명을 죽여서 육십 냥으로 가장 많은 포상금을 받았다.

그러나 도무철은 탁자 위에 놓여 있는 은자를 물끄러미 주시하다가 벌떡 일어나서 밖으로 나가 버렸다.

"저 새끼가!"

"놔둬라."

열 받은 막태가 도무철을 쫓아 나가자 강무교가 만류했지만 그는 그냥 달려나갔다.

바깥 복도에서 사람은 보이지 않고 막태의 고함 소리와 도무철의 조용한 목소리가 이어졌다.

"야, 이 새끼야! 죽은 동료 집에 얼마씩 걷어서 갖다 주자는 게 아깝냐?"

"아깝다."

"이 쳐죽일 새끼가! 너도 언제 죽을지 몰라, 이놈아!"

"나는 쉽게 안 죽는다. 그러나 내가 죽는다고 해도 너희가 돈 모아주는 것은 바라지 않는다."

"이 자식! 너 오늘 한번 죽어봐라!"

퍽!

"허읙!"

막태가 활짝 열려 있는 숙소 문밖 복도에 네 활개를 치면서 나자빠지는 것을 발견하고 단목조원들은 놀랐다가 곧 착잡한 표정을 지었다.

이반과 주고후가 나가서 막태를 부축해서 들어오는데 그의 얼굴이 거멓게 변해 있다. 도무철에게 발길질로 가슴팍을 오지게 얻어맞았기 때문이다. 도무철은 예상 외로 대단한 실력을 지니고 있었다.

강무교는 숨이 꺽꺽 넘어가는 막태를 칸막이 안 침상에 눕히는 것을 보고 나서 자신의 침상 맞은편 칸막이 안에 널브러져 누워 있는 북설을 쳐다보았다.

"북설, 너도 좀 내놓지?"

원래 북설은 조원들이 몇 푼 걷어서 조촐한 회식을 할 때도 구리 돈 한 냥 내놓지 않는다.

그러면서 걸신(乞神)이 따로 없을 정도로 회식 자리의 요리와 술을 다 거덜 낸다.

그렇다고 해도 이번에는 북설이 큰돈을 벌었기 때문에 얼마라도 내놓을 것이라고 강무교는 생각했다.

"말 시키지 마라."

북설은 열흘 삶은 호박에 이빨도 들어가지 않는다는 듯 냉랭하게 내뱉고는 이불을 뒤집어썼다. 그래서 강무교도 더 이상 말하지 않았다.

대신 강무교는 조장 대무영에게 기대를 걸었다. 그는 이반을 대무영에게 보냈다.

"안 계신데요?"

조장실에 다녀온 이반이 고개를 절레절레 가로저었다.

* * *

늦은 아침나절이라서 연지루에는 손님이 아무도 없었다. 연지루는 오전에 요리와 술 등 재료 준비를 하고 정오부터 문을 연다.

일하는 사람이 아란 혼자뿐이라서 바쁠 땐 정신없이 바쁘지만, 단골손님인 오룡방 무사들의 일과 시간이 끝난 후에만 바쁘기 때문에 그녀 혼자로도 충분하다.

차륵!

"아이구! 이게 누구야!"

흑룡단 조장 복장인 흑의 경장을 입은 대무영이 주루 입구의 주렴을 걷으며 들어서자 연지루 주모 아란은 주루 내 탁자 앞에 앉아서 나물을 다듬고 있다가 행주치마에 두 손을 닦으면서 반색을 하며 달려왔다.

"안녕하세요?"

"조장 동생, 이번에 어마어마하게 큰 공을 세웠다면서?"

"뭘요."

대무영이 겸연쩍어하자 아란은 그의 궁둥이를 두드리면서 친누나처럼 살갑게 굴었다.

"앉아. 내가 얼른 맛있는 요리 해줄게."

영업 시간이 아니지만 아란은 대무영에게 맛있는 요리를 해주고 싶었다.

"그보다 아주머니께 물어볼 말이 있습니다."

아란의 얼굴이 샐쭉하게 변했다.

"아주머니는 무슨, 누나라고 불러."

"그래도……."

"란 누나라고 불러봐."

대무영이 얼굴을 붉히며 쭈뼛거리는 것을 보고 아란은 내친김에 못을 박아야겠다고 작심했다.

"란 누나라고 안 부르면 앞으로 우리 주루에 발 들여놓을 생각 꿈도 꾸지 마."

"이것 참……."

"어여 불러봐."

"란 누나."

대무영이 어렵게 입을 열자 아란은 입이 귀에 걸리고 좋아 죽으려 한다.

"애고, 좋아라! 우리 조장 동생, 너무 귀엽다!"

대무영은 아란의 사심 없는 그런 모습이 보기 좋아서 빙그레 미소 지었다.

"란 누나도 저를 무영이라고 부르세요."

"그래, 알았다, 무영아."

그녀는 풍만한 몸을 이리저리 흔들면서 부리나케 주방으로 향했다.

"잠깐 기다리고 있어."

아란은 잠깐 동안에 얼큰한 탕국과 몇 가지 맛깔스러운 반찬과 밥, 그리고 술을 가져왔다.

그녀는 맞은편에 앉은 대무영이 너무 예뻐 죽겠다는 표정으로 연신 이것저것 밥에 올려주었다.

"장사 준비해야죠."

"그런 거 조금도 걱정하지 말고 어서 먹어."

대무영은 밥을 몇 술 뜨고 술을 한잔 마시고는 지나가는 말처럼 물었다.

"란 누나, 이런 주루 하나 개업하려면 얼마나 드나요?"

"왜? 무영이 주루 하게?"

아란은 놀라서 눈을 동그랗게 떴다.

"아뇨. 그냥 궁금해서……."

아란은 심각한 표정을 지었다.

"보긴 이래도 돈이 꽤 들어."

"그래요?"

세상 물정 모르는 대무영은 어두운 표정을 지었다.

"얼마나 드는데요?"

"은자 이백오십 냥이나 들었어. 별것 아닌데 대단하지?"

"아……."

대무영은 비로소 안도의 표정을 지었다.

아란은 궁금해 죽겠다는 듯 그의 얼굴을 빤히 들여다보며 채근했다.

"왜 그러는데? 어디에 주루 내려고?"

"그게 아니라……."

대무영은 잠시 뜸을 들였다가 진지한 표정을 지었다.

"우리 조원 중에 우평림이라고 알죠?"

"알지. 늘 말이 없고 우울한 사람이잖아."

"그가 이번 싸움에서 죽었어요."

"……."

방글방글 웃던 아란의 얼굴에서 웃음기가 싹 사라지고 망치로 머리를 얻어맞은 것 같은 표정을 지었다.

그녀 역시 십여 년 전에 오룡방 무사였던 남편을 잃은 뼈아픈 과거를 갖고 있어서 불현듯 그 생각이 떠올랐기 때문이다.

"우평림에겐 노부모와 처자식, 그리고 처가 식구들까지 부양할 가족이 일곱이나 된답니다."

"큰일 났구나."

아란은 남의 일 같지 않다는 듯 얼굴이 어두워졌다.

무사의 한 달 녹봉 은자 열 냥으로 우평림 자신까지 여덟 식구가 근근이 먹고살았을 텐데 이젠 가장이 죽었으니 절망도 그런 절망은 없을 터이다.

"그래서 우평림 부인에게 주루를 하나 내주면 어떨까 하고 생각했어요."

"무영이 네가?"

아란은 눈을 동그랗게 뜨며 크게 놀랐다.

"이번에 상금으로 탄 돈 은자 오천 냥 중에서 사천 냥 정도로 주루를 내는 데 모자라지 않을까 걱정했는데 이백오십 냥밖에 들지 않는다고 해서 안심했습니다."

"무영아······."

아란은 자신의 일이 아닌데도 울컥 감격해서 눈물을 흘리더니 대무영 옆으로 와서 그의 얼굴을 가슴에 꼭 안고 머리를 쓰다듬었다.

"무영이 정말 착하구나. 이 누나는··· 흑!"

"란 누나······."

대무영의 착한 마음과 아란의 착한 마음이 서로에게 통하고 있는 것 같았다.

"제가 란 누나에게 오백 냥쯤 드리고 갈 테니까 그걸로 좀 알아봐 주세요."

"알았다. 걱정하지 마라."

아란은 포옹을 풀고 대무영 옆에 앉아서 눈물 젖은 얼굴로 그를 바라보았다.

"그렇게 해야 떠나도 마음이 편할 것 같아서요."

"떠나? 어딜?"

아란은 화들짝 놀라 궁둥이를 들썩였다.

"오룡방에는 돈을 벌기 위해서 들어간 건데 여비를 마련했으니까 떠날 생각이에요."

아란은 몹시 충격을 받은 듯하더니 이내 아쉬워 죽겠다는 표정이다.

"나는 무영 네가 이곳에 오래 있을 것이라 생각하고 앞으로 좋은 누나가 되려고 마음먹었는데……."

대무영은 미안한 표정을 지었다.

"뜻한 바가 있기 때문에 낙양으로 가야 합니다."

"낙양이라고?"

"네. 그곳이 중원이기 때문이죠."

이어서 대무영은 자신이 강호에 진출하려는 이유와 목적에 대해서 간략하게 설명을 해주었다.

다 듣고 난 아란은 고개를 끄떡였다.

"이름을 날려서 아버지를 찾으려는 거로구나."

"네."

잠시 침묵이 흘렀다. 대무영은 묵묵히 술을 마시는데 아란도 맞은편 자신의 자리로 가서 몹시 풀 죽은 모습으로 홀짝홀짝 술을 마셨다.

"나는 정말 너하고 헤어지기 싫은데……."

아란이 서운해할수록 대무영은 미안함을 금치 못했다.
"저도 그래요."
"나는 이곳에서 십여 년 동안 주루를 해오고 있지만 아무하고도 인연을 맺지 않았어. 무영이 처음이야."
아란은 대무영이 낙양에 가야 하는 이유를 들었기 때문에 그를 붙잡지도 못했다.
"너 따라갈까?"
"네?"
문득 아란은 혼잣말처럼 했다가 금세 밝은 표정으로 손뼉을 치며 기뻐했다.
"너 조금 전에 우평림 처에게 주루를 내주겠다면서 은자 사천 냥 정도 예상했다고 했지?"
"네."
"그 돈 나 빌려줘."
"네?"
대무영은 그녀의 속뜻을 이해하지 못하고 어리둥절한 표정을 지었다.
"아까워?"
"무슨 그런 말을……."
대무영은 두 손과 고개를 동시에 저었다.
"빌려드리는 것이 아니라 그냥 줄게요."

아란은 눈을 반짝반짝 빛냈다.

"이 누나가 너 따라 낙양에 가서 그 돈으로 집이 딸린 근사한 주루를 차려야겠어. 그리고 우평림네 식구들도 데려가는 거야. 은자 사천 냥이면 충분하고도 남을 거야."

아란은 정말 얼토당토않은 발상을 했다. 그녀는 대무영이 뭐라고 할 새도 없이 자신의 구상을 발전시켰다.

"그럼 너는 나하고 함께 살 수 있으니까 숙식은 걱정하지 않아도 되잖아. 그리고 우평림 마누라하고 처제들을 주루에서 일하게 하고 수입은 너하고 나, 우평림 처 이렇게 셋이서 고루 나누는 거야. 어때?"

"하… 참."

대무영은 어이없다는 표정을 지었다. 그러나 만난 지 며칠 되지도 않는 자신을 부득부득 따라가려는 아란에게 깊은 정이 느껴졌다.

그녀가 자신을 등쳐먹거나 귀찮게 할 것이라는 생각은 추호도 들지 않았다.

아란은 두 손을 터질 듯이 풍만한 가슴에 얹고 꿈을 꾸듯이 행복한 표정으로 말했다.

"나는 남편도 자식도 없으니까 홀가분하게 훌쩍 떠나면 되는 거야. 앞으로는 무영이 널 친동생처럼 보살펴 주면서 한평생 살고 싶어."

"누나……."

대무영은 가슴이 따뜻해졌다. 처음에는 그녀의 발상이 얼토당토않은 것으로 들렸으나, 정말 그렇게 한다면 대무영도 의지할 사람들과 집이 생겨서 좋을 것이다.

"너를 잘 알지 못하지만 우평림 처에게 포상금의 거의 전부인 사천 냥이나 선뜻 내놓겠다는 것을 보면 너는 천하에 둘도 없는 착한 사람이야. 그거면 충분해. 죽을 때까지 너를 따라도 후회하지 않을 자신 있어."

대무영은 죽은 모친 이외의 사람에게 이렇듯 포근한 정을 받아본 적이 없어서 가슴이 뭉클해졌다.

"가자."

아란이 발딱 일어나 행주치마를 벗더니 대무영의 팔을 잡아끌었다.

"어딜요?"

"어디긴, 우평림네 집이지."

"어딘지 아세요?"

"그야 물어보면 되지. 가자."

화음현 밖, 지지리도 궁색한 사람들이 모여 사는 작은 마을은 마을이라기보다는 움막촌 같았다.

제대로 된 집은 한 채도 없고 대부분 판자를 누더기처럼 잇

대거나 천이나 쇳조각 따위의 바람을 막을 수 있는 것이라면 무엇이든 덕지덕지 붙여서 만든 거지 같은 집들이 대부분이었다.

그런 움막 같은 집 중의 하나가 우평림의 집이었다.

방은 달랑 한 칸이고 한쪽에 주방이 있으며, 그곳에서 우평림까지 여덟 명의 식구가 기거하고 있었다.

우평림의 처 청향(淸香)은 이제 겨우 이십이 세의 앳된 소녀 같은 용모의 여자였다.

갸름하고 해쓱한 얼굴은 제대로 먹지 못해서 여기저기 버짐이 피었으며 뺨과 눈이 퀭했고 도톰한 입술은 바싹 말라 까칠했다.

거지나 입을 누더기에 수세미처럼 헝클어진 머리카락과 추수가 끝난 들녘에 나가 곡식 알갱이라도 주우려고 땅을 뒤지고 파헤치느라 두 손은 곰 발바닥처럼 거칠었다.

그녀의 늙은 시부모는 어디 아픈 곳은 없지만 역시 먹지 못해서 깡마른 모습으로 한쪽에 웅크린 채 두려운 표정으로 앉아 있었다.

하지만 노부모의 모습은 청향보다는 나았다. 철숙음수(啜菽飮水), 비록 콩을 먹고 물을 마시는 가난한 생활 속에서도 시부모에게 극진히 효도를 다하고 있음을 알 수 있었다.

우평림의 두 처제, 즉 청향의 두 여동생은 열일곱 살과 열

다섯 살로 큰언니에게 얹혀사는 터라 제대로 먹지 못하는 것은 물론 마음고생까지 겹쳐서 몰골이 큰언니 청향보다 훨씬 못했다.

청향의 자식은 둘인데 큰아이가 아들로 네 살이고, 둘째가 딸인데 겨우 두 살이다. 둘 다 엄마에게 달라붙어서 코를 질질 흘리고 있었다.

이른 아침 댓바람에 오룡방에서 사람이 다녀갔는데 우평림의 한 달치 녹봉 은자 닷 냥과 위로금 열 냥, 도합 열다섯 냥을 청향의 손에 쥐어주고 갔다.

그리고 잠시 후에 단목조원 강무교와 이반, 막태가 찾아와서 자신들이 갹출한 돈 은자 삼십 냥을 내놓고는 잠시 앉아 있다가 돌아갔다.

단목조원들이 갹출한 돈이 몇 푼 되지 않자 강무교가 더 보태서 삼십 냥을 만든 것이다.

그는 포상금으로 삼십 냥을 받았으나 그로써 아홉 냥밖에 남지 않았다.

그들이 돌아간 후에 청향과 가족들은 무덤 속 같은 움막 안에서 넋을 잃고 앉아 있을 뿐이다.

집안의 가장이며 기둥이었던 우평림이 은자 마흔다섯 냥이 되어 돌아왔다.

모두 목을 놓아 울며 통곡했으나 얼마 지나지 않아서 울 기력마저 없어서인지 탈진하고 말았다. 그래서 망연자실 앉아 있을 뿐이다.

　무엇보다도 아내 청향이 받은 충격과 슬픔이 가장 컸다. 하지만 슬픔보다는 앞으로 살아갈 길이 막막하다는 절망감이 더 컸다.

　오룡방과 단목조원들이 주고 간 은자 마흔다섯 냥을 쪼개서 쓰면 어떻게든 대여섯 달은 먹고살 수 있을 터이다. 그러나 그다음에는 어쩔 것인가. 차례로 굶어 죽는 수밖에는 남은 방법이 없다.

　그래서 가족들은 은자 마흔다섯 냥을 다 쓰고 나서 내년 봄이 되면 살길을 찾아 뿔뿔이 흩어지자는 말을 하고 있는 중이었다.

　거지보다 더 초라한 몰골의 청향네 가족 얼굴에 멍한 표정이 떠올랐다.

　아란이 대무영의 뜻과 자신의 계획을 설명하자 그런 반응을 보인 것이다.

　청향과 두 처제, 노부모는 멀뚱거리면서 맞은편에 나란히 앉아 있는 대무영과 아란을 쳐다보았다.

　그들이 한 말이 너무나 허황된 것이라서 믿지 않는 표정들이다.

"거짓말도 아니고 놀리려는 것도 아니야."

아란은 자신보다 열두 살이나 어린 청향의 거친 두 손을 잡고 온화하게 미소 지었다.

"여기에서 눌러 살고 싶다면 이곳에 주루를 내줄게. 다른 가게를 원하면 그러도록 해줄게."

아란은 손을 뻗어 두려운 표정을 짓고 있는 청향의 얼굴을 가린 헝클어진 머리카락을 쓸어 올렸다.

"그러나 우릴 따라가겠다면 낙양에 근사한 주루를 내서 모두 함께 사는 거야. 나하고 무영 동생하고,"

청향의 눈이 점점 커지면서 대무영에게 향했다.

대무영은 순박한 얼굴에 미소를 지으며 고개를 끄떡거릴 뿐 아무 말도 하지 않았다.

이들이 사는 광경이 그 옛날 자신과 모친이 살았던 지지리 궁색함하고 별반 차이가 없는 것 같아서 그 시절이 생각난 것이다.

"이제 우리 모두 한 가족이 되는 거야. 그리고 앞으로는 무영 동생이 우리를 보살펴 줄 거야. 집안의 가장이 되는 거지. 일찍 죽어버린 못난 우평림 대신에."

그리고는 아란은 대무영이 이번 싸움에서 큰 공을 세워 포상금으로 은자 오천 냥을 받게 되었는데, 그것을 청향네를 위해서 쓰겠다고 해서 이런 계획을 세웠다는 말을 차근차근 설명해 주었다.

"누구신데 왜 우리에게……."

청향은 난데없이 쏟아진 행운에 섣불리 기뻐하기 전에 의아심을 드러냈다.

"무영 동생은 단목조장이야. 우평림의 직속상전이었지."

"아……."

그제야 청향은, 그리고 가족들은 마지막 남은 의심이 씻은 듯이 사라졌다.

청향은 사붓이 일어났다가 옷매무새와 머리카락을 가다듬고는 대무영을 향해 공손히 큰절을 올렸다.

"저희 식솔들을 거두어만 주신다면 은공의 종이 돼서라도 모시겠어요."

"어이쿠! 이러지 마십시오!"

대무영은 당황해서 급히 청향을 일으켰다. 그런데 그가 너무나 힘이 세고 청향은 너무도 가벼워서 그녀는 뒤로 벌렁 자빠지고 말았다.

"미, 미안합니다."

"인석아, 힘은 아무 때나 쓰는 게 아냐."

미안해서 어쩔 줄 모르는 대무영을 아란이 빙그레 미소 지으며 핀잔을 주었다.

대무영은 정색을 했다.

선행(善行) 221

"저는 종 같은 것 필요 없습니다. 그러니 절대 그런 말 하지 마십시오."

"자, 이렇게 할까?"

꾀주머니 아란이 또 방책을 내놓았다.

"한 가족이라고 했으니까 청향은 무영 너의 작은 누나가 되는 것이지."

"아, 그렇군요."

아란은 이번에는 청향의 두 동생 청미(淸美)와 청옥(淸玉)을 가리켰다.

"그리고 이 두 아이는 무영의 여동생이 되는 것이고."

"그, 그런가요?"

난데없이 곱상한 두 여동생이 생긴 대무영은 벌쭉한 미소를 지었다.

아란은 이어서 청향의 두 아이와 노부모를 가리켰다.

"이 아이들은 조카가, 저분들은 부모님이 되는 거야."

대무영이 자신들을 바라보자 청미와 청옥은 얼굴이 발갛게 붉어지고 고개를 푹 숙였다.

무영은 벌떡 일어서서 노부모에게 넙죽 큰절을 올렸다.

"소자 무영이 아버지, 어머니를 뵙습니다."

"어, 어이쿠, 이런……."

노부모는 앞으로 고꾸라지듯이 맞절을 했다.

아란은 청향네 가족을 이끌고 연지루로 돌아왔다.

낙양으로 떠날 때까지 연지루에서 함께 살 생각이다. 방이 두 칸뿐이지만 지금껏 살던 움막에 비하면 궁궐이나 다름이 없었다.

아란은 우선 청향네 가족을 배터지게 먹이고는 청향과 청미, 청옥에게 주루를 맡기고는 부리나케 밖으로 나갔다. 주루를 내놓고 낙양으로 떠날 차비를 하기 위해서다.

대무영은 오룡방으로 돌아와서 흑룡단주 공손우에게 조장직을 그만둔다고 말하고는 숙소로 올라왔다.

그는 아란에게 은자 사천 냥짜리 전표를 주었고, 천 냥짜리 전표를 은자로 환전해서 철궤에 담아 가지고 왔다.

쿵!

그가 단목조원들을 모두 모아놓고 철궤를 탁자에 내려놓자 조원들은 의아한 표정을 지었다.

그는 철궤를 열어 먼저 구십 냥을 챙겨서 가죽주머니에 담아 품속에 갈무리했다.

모두 무슨 일인가 싶어서 어리둥절하고 있는데 대무영은 이반을 불렀다.

"이반, 이건 구백십 냥이다. 모두에게 골고루 나눠 줘라."

선행(善行) 223

"엣?"

"에에엣?"

모두 눈이 휘둥그레져서 비명을 터뜨렸다.

그리고는 고요한 적막이 흘렀다. 모두에게는 이 믿을 수 없는 상황을 믿기 위한 시간이 필요했다.

조원 모두의 실질적인 우두머리인 강무교가 대무영을 물끄러미 쳐다보았다.

"이건 무슨 뜻이오?"

"조장이 조원 챙기는 게 이상한가?"

"돈으로 환심을 사겠다는 것인가?"

강무교가 내키지 않는 표정을 짓자 대무영은 어깨를 으쓱해 보였다.

"나는 내일 오룡방을 떠난다. 작별 선물이라고 해두자."

"뭐어?"

"조장이 떠나?"

조원 중에서 놀라지 않는 사람이 없다. 적수분타와의 싸움에서 혁혁한 전공을 세우고 엄청난 포상금까지 챙긴 대무영의 앞날은 그야말로 탄탄대로다. 그런데 그걸 팽개치고 떠나겠다는 것이다.

뒹굴고 자던 북설까지 칸막이 밖으로 기어 나오더니 뚫어지게 대무영을 쏘아보았다.

이반은 침울한 표정으로 묵묵히 은자를 나누었다. 구백십 냥을 조원 열 명에게 일일이 구십 냥씩 나눠 주고 나서 열 냥을 남겼다.

"이 돈으로 조장 송별회 해줍시다."

대무영이 떠난다는 말에 가장 놀란 사람은 누가 뭐라고 해도 용구다.

그는 우연한 기회에 대무영하고 친구가 되었으며, 그가 힘써준 덕분에 오룡방의 전투무사가 될 수 있었다.

대무영 같은 친구가 생겼고, 그와 함께 지낼 수 있어서 무엇보다 기쁘다고 생각했기에 그가 내일 떠난다는 선언에 놀라고 낙담할 수밖에 없었다.

모두 오룡방의 새로운 신화가 된 대무영의 앞으로의 행보에 대해서 기대하고 있다가 된서리를 맞은 기분이다.

하긴 대무영처럼 굉장한 실력의 소유자가 화음현의 오룡방 같은 소방파에 만족할 리가 없다.

"젠장! 그럼 무엇 때문에 조장이 된 건데?"

막태는 이반이 준 구십 냥을 자기 앞 탁자에 내려놓으며 우거지상을 지었다.

"여비 마련하려고."

대무영이 히죽 웃자 다들 어이없는 표정을 지었다.

"어디로 갈 거야?"

이번에는 배신이라도 당한 듯 싸늘한 표정을 짓고 있는 북설이 대무영을 쏘아보며 물었다.

"낙양."

"나도 간다."

"엉?"

대무영은 어이없다는 표정으로 그녀를 쳐다보았다.

"조장 따라간다고."

"왜?"

"조장 따라다니면 돈을 벌 수 있을 것 같아서."

북설의 대답은 간단하고 솔직했다. 적수분타의 싸움에서 대무영 덕분에 큰돈을 벌었으니 그와 함께 다니면 앞으로도 그럴 기회가 많을 것이라고 생각한 것이다.

눈치만 보고 있던 용구도 용기를 냈다.

"나도… 가면 안 되겠소?"

"용 형도?"

용구는 힘껏 고개를 끄떡였다.

"짐이 되지 않도록 노력하겠소."

대무영은 미소 지었다.

"그럼 갑시다."

이런 상황이 되자 조원 중 몇몇이 동요하기 시작했다. 특히 예쁘장한 이반과 백면서생 주고후는 갈등하는 기색이 역력했다.

　흑룡단 아래층으로 내려온 대무영은 뜻밖의 손님이 자신을 기다리고 있는 것을 발견했다.
　오룡방주 유화곤의 막내딸 유조였다. 그녀는 자신의 목숨을 구해준 사람이 단목조장이라는 것을 알고 인사를 하러 찾아왔다가 그가 그만두고 떠난다는 말을 흑룡단주 공손우에게 듣고 깜짝 놀랐다.
　부친 유화곤은 대무영에게 거금 오천 냥을 주면서 일 년 동안 오룡방에 머물러 달라고 부탁했었다.
　그런 예는 일찍이 한 번도 없었다. 오룡방뿐만 아니라 화음현 일대에서는 전무후무한 일이다. 하지만 대무영은 일언지하에 거절했다.
　그렇지만 그가 이처럼 빨리 떠날 것이라고 유조는 전혀 예상하지 못했다.
　"왜 떠나려는 거죠?"
　그녀는 너무 큰 충격을 받았기 때문에 대무영에게 목숨을 구해줘서 고맙다고 인사를 하는 것마저 잊어버리고 떠나려는 이유를 물었다.
　모두에게 받았던 그 질문을 유조에게 또 받게 되자 대무영은 조금 귀찮아졌다.

그가 떠나는 이유를 알고 있는 사람은 새로 남매지간이 된 아란뿐이다. 가족이 되었기 때문에 말해준 것이다.

"이유를 말해야 하오?"

산뜻한 녹의 경장을 입고 긴 머리를 하나로 묶은 모습의 유조는 잠시 망설이다가 고개를 끄떡였다.

"알고 싶어요."

"다른 목적이 있기 때문이오."

대무영은 그 말만을 남기고 성큼성큼 걸어 유조의 곁을 스쳐 지나갔다.

대무영의 대답은 뭔가 석연치 않아서 유조의 서글서글한 눈에 안타까움이 일렁거렸다.

그녀는 적수분타에서의 싸움에서 대무영의 굉장한 솜씨를 보고 가슴이 두근거릴 정도로 놀라고 감탄했다.

더구나 그가 자신의 목숨을 구해준 것 때문에 그에게 진한 호감을 갖고 있었다. 이성이 아니라 인간 대 인간으로서의 호감이다.

또한 그의 검술 솜씨가 뛰어나기 때문에 그에게 틈틈이 자신의 검술에 대해서 자문을 구하고도 싶었다.

유조는 대무영이 전각 밖으로 사라진 후에도 한동안 망연히 그 자리에 서 있었다.

그를 붙잡고 싶지만 거금 오천 냥을 거절한 그를 무슨 수로

붙잡아야 할지 방법이 생각나지 않았다.

그렇게 한참이 지나서야 정신을 차린 그녀는 자신이 대무영에게 구명지은에 대한 인사를 미처 하지 못했다는 사실을 깨달았다.

第九章
목적을 정하다

강무교는 대무영이 조원들에게 구십 냥씩 나누어 준 것에서 일괄적으로 삼십 냥씩 떼어서 내놓도록 했다.

그 돈으로 우평림 가족에게 연지루 같은 주루라도 하나 내줄 생각이다.

이번에는 도무철과 북설도 군말 없이 삼십 냥을 내놓았다. 어차피 거저 굴러들어 온 돈이기 때문이다. 그마저도 내놓고 싶지 않았으나 그랬다가는 단목조원들에게 몰매를 맞아 죽을지도 모른다는 생각이 들었다.

조장 송별회를 하려고 연지루에 들어선 강무교와 이반, 막

목적을 정하다

태 등은 크게 놀라고 말았다.

 주루에 아란 외에 전혀 예상하지 못했던 우평림의 가족인 청향과 청미, 청옥이 있었기 때문이다.

 그녀들은 비단 주루에 있을 뿐만 아니라 청향은 주방에서, 그리고 청미와 청옥은 주루 내에서 이것저것 부지런히 일을 하고 있었다.

 청향에게서 전후 사정 얘기를 모두 듣고 난 단목조원들은 소스라치게 놀랐다.

 더구나 대무영이 청향 가족을 위해서 포상금 중에서 거금 사천 냥을 내놓았다는 말을 하자 단목조원들은 까무러칠 정도로 경악했다.

 포상금으로 오천 냥을 받아서 청향 가족을 위해 선뜻 사천 냥을 아낌없이 내놓고 또한 구백십 냥은 단목조원들에게 나누어 주었다.

 그렇다면 대무영 자신은 단돈 구십 냥만 가졌다는 얘기다. 그처럼 욕심이 없는 사람이 세상에 어디에 있다는 말인가. 이게 과연 있을 수 있는 일인지 단목조원들은 이해가 되지 않았다.

 "조장 어디 덜떨어진 거 아냐?"

 돈이라면 구리 돈 한 푼도 아까운 북설에겐 대무영의 행동이 정상으로 보일 리가 없다.

대무영이 단목조원들에게 나누어 준 돈에서 강무고의 제안으로 삼십 냥씩 거두어 청향 가족에게 주려고 했지만 손이 부끄럽게 되었다.

단목조원들은 먼저 와서 아란하고 마주 앉아 한 잔 마시고 있는 대무영을 어이없다는 듯이 쳐다보았다.

그중에서도 강무교와 북설의 표정이 가장 눈에 띄었다. 강무교는 놀라움을 가라앉히면서 쏘는 듯한 시선으로 대무영을 주시했고, 북설은 죽었다가 깨어나도 이해할 수 없다는 표정이다.

* * *

덜그덕, 덜걱.

두 필의 말이 끄는 수레에 아란과 청향 가족이 함께 타고 있으며 용구가 어자석에 앉아서 말을 몰고 있다.

수레에는 바람을 막기 위해서 큼직한 천막이 쳐져 있고 모두 그 안에 푹신한 요를 깔고 두툼한 솜옷에 이불을 덮고 있어서 조금도 추위를 느끼지 않았다.

청향을 비롯한 가족은 하루밖에 지나지 않았으나 모습이 크게 변했다.

다들 아란네 연지루에서 따뜻한 물에 목욕을 했으며 아란이 사온 겨울용 두툼한 솜옷을 입었다.

오랜 굶주림 탓에 피골상접한 몰골은 아직 이틀밖에 지나지 않아서 어쩔 수 없지만, 모두의 얼굴에는 행복과 웃음이 가득 피어나고 있었다.

수레에는 아란네 짐뿐이다. 청향네는 갖고 올 만한 것이 없어서 모두 두고 왔다.

아란도 연지루를 사겠다고 나선 사람에게 모두 다 떠넘기고 평소 그녀가 아끼던 솥과 냄비 따위의 부정지속(釜鼎之屬)만 단출하게 챙겼다.

대무영은 수레 앞에서 북설과 함께 나란히 걷고 있다.

북설은 오룡방 흑룡단 숙소에서 대무영을 따라가겠다고 말한 이후 앞으로 무얼 어떻게 하겠다는 등 지금까지 한마디도 하지 않고 있다.

그녀는 일단 대무영을 따라서 낙양에 가볼 생각이다. 화음현 같은 시골보다는 천하의 중심이고 중원이라 불리는 낙양 같은 대도(大都)에서 돈을 벌기가 더 쉬울 터이다.

그것을 모르고 있었던 것은 아니지만 자신의 실력이 어쭙잖아서 낙양 같은 곳에서는 명패조차 내밀 엄두를 내지 못하고 있었던 것이다.

그러나 이제 대단한 실력의 소유자인 대무영이 곁에 있으니 낙양에 진출해도 괜찮을 것이라고 판단했다.

북설은 대무영의 실력이 어느 정도인지 모르고 있다. 명협인 형산일도풍 나운택을 일 초식에 꺾었으니까 명협 이상의 수준일 것이라고 짐작할 뿐이다.

그 정도면 충분하다. 쟁천십이류의 명협이 돈을 벌려고 마음만 먹으면 갈퀴로 쓸어 담을 수 있을 것이다.

그녀는 오로지 한 가지만 결심했다. 무슨 일이 있어도 대무영에게서 떨어지면 안 된다는 것이다.

미진보벌(迷津寶筏), 길을 잃고 헤매는 사람에게 나루터의 훌륭한 배. 북설이 길을 잃고 헤매는 중이라면 대무영은 그녀를 나루터로 실어다 줄 훌륭한 배인 것이다.

대무영은 낙양에 가서 무얼 어떻게 해야 할지 아직 결정하지 못했다.

화산에서 내려와 오룡방에서 겨우 나흘 머문 것이 경험의 전부이기 때문이다.

그가 믿는 것은 자신의 무예다. 그리고 어제 얻은 아란과 청향 등 가족이다.

가족은 그가 편히 쉴 수 있는 환경을 만들어줄 테지만, 거친 강호에서 입지를 굳히고 대무영이라는 이름을 드날리도록 해주는 것은 무예다.

그는 자신의 무예를 믿고 있지만 굉장한 실력이라고는 생각하지 않는다.

목적을 정하다 237

명협인 형산일도풍 나운택을 꺾었으나 그는 쟁천십이류라는 것의 겨우 말석인 명협일 뿐이다.

또한 적수분타와의 싸움에서 큰 공을 세웠지만, 그것은 상대한 적이 지나치게 약했기 때문이다.

그러므로 자신이 고강해서 큰 공을 세운 것이라고는 생각하지 않는다.

어쩌면 그런 겸손함과 순박함이 그의 또 다른 미덕일지도 모른다.

용구는 낙양이 화음현보다 수십 배나 큰 대도라고 말했다. 그러니까 그곳에 도착하면 자신이 할 일이 있을 것이라고 대무영은 낙관했다.

그는 무슨 일이든지 초조하고 다급하게 굴지 않는 느긋한 성격이다.

화음현에서 낙양까지는 삼백여 리 남짓의 그다지 멀지 않은 거리다.

그토록 가까운데 낙양은 중원이고 화음현은 변방에 속해 있다니 묘한 일이다.

대무영과 북설, 용구 세 명으로는 낙양까지 사나흘이면 갈 수 있지만 아란과 청향 가족이 탄 수레가 느리기 때문에 족히 열흘은 걸릴 터이다. 그래도 대무영은 전혀 조바심을 내지 않았다.

그때 북설은 관도 맞은편에서 달려오고 있는 세 명을 발견하고 반짝 눈을 빛냈다.

나이에 비해서 경험이 풍부하고 산전수전 두루 겪은 북설은 상대 세 명이 강호인이며 평범한 인물이 아니라는 것을 보는 즉시 간파했다.

강호에는 일개 평범한 무사가 있고 진짜 강호인이라고 할 수 있는 고수가 있다.

그런데 북설이 보기에 맞은편에서 달려오고 있는 세 명은 고수인 것 같았다. 그녀의 안목은 거의 정확하다.

세 명의 강호인은 제각기 다른 색깔의 경장을 입었으며 두 명은 어깨에 도검을 메고 한 명은 창을 쥐고 있다.

그들은 조금도 어설프게 보이지 않았으며, 달려오는 경공이 말이 전속력으로 달리는 정도의 빠른 속도인 것으로 봐서도 진짜 강호인이 분명했다.

그러나 북설은 별로 긴장하지 않았다. 세 명의 강호인이 생면부지인 자신들에게 시비를 걸 일이 없기 때문이다.

세 명의 강호인은 잠깐 사이에 대무영과 북설 이 장여까지 이르렀다가 대무영 쪽으로 빠르게 스쳐 지나갔다.

"멈춰!"

그런데 막 지나쳤던 그들이 짧게 외치며 되돌아와서 대무영과 북설의 앞을 가로막았다.

바짝 긴장한 북설은 그들이 대무영의 어깨에 메고 있는 목검을 쏘아보는 것을 발견하고 아차 싶었다.

대무영의 목검에는 형산일도풍 나운택이 손수 묶어준 명협의 수실, 즉 명루(命縷)가 묶여 있었는데 세 강호인은 그것을 발견하고 가로막은 것이다.

'골치 아프게 됐군.'

북설은 미간을 좁혔다. 그녀는 세 강호인이 명루를 발견하고 시비를 거는 것이라고 생각했다.

세 강호인은 목검에 묶인 명루와 대무영의 얼굴을 번갈아 쳐다보았다.

그때 북설이 태연하게 중얼거렸다.

"이봐, 그저 멋으로 명루 하나 묶은 것 가지고 호들갑 떨 것 없잖아?"

강호에는 가짜 쟁천증패와 쟁천십이류의 표식인 수실, 즉 쟁천표루(爭天表縷)를 지니고 다니는 자들이 허다하다. 여북하면 진짜 쟁천십이류보다 가짜가 수십 배나 더 많다는 말이 나돌겠는가.

북설의 말인즉 대무영이 겉멋으로 목검에 명루를 묶고 다니는 것이지 진짜 명협은 아니라는 뜻이다.

하지만 그녀의 그럴싸한 변명은 세 강호인 중에서 창을 지닌 자의 다음 말에 물거품이 돼버렸다.

"귀하가 단목검객인가?"

오룡방 잡무전의 집사가 지어준 단목검객이라는 별호가 아직 익숙하지 않은 대무영은 잠시 생각하고 나서야 고개를 끄떡였다.

"그런 것 같소."

"귀하가 단목검객 대무영이 틀림없는가?"

"그렇소."

북설은 벌레 씹은 표정을 지었다. 세 명의 강호인이 대무영의 명협중패를 노린다는 사실을 짐작한 것이다.

대무영이 형산일도풍 나운택을 꺾은 사실을 어떻게 알았다는 말인가.

그러나 그녀는 거기에 대해서 생각하지 않기로 했다. 강호의 소문은 세상 어느 것보다 빠르기 때문이다.

더구나 대무영이 나운택을 꺾는 광경을 본 사람이 단목조원 열한 명이나 된다.

강무교가 오룡방 내에서는 그 사실을 일체 발설하지 말라고 해서 모두 입을 다물고 있었으나 밖에 나가서까지 그러라고는 하지 않았다.

강무교가 무엇 때문에 함구하라고 명령했는지는 모르지만 북설은 어느 정도 짐작할 수 있다. 대무영이 튀는 것을 경계하느라 그랬을 것이다.

사실 오룡방 무사 모집 때 마지막까지 조장이 뽑히지 않았더라면 강무교가 조장이 될 확률이 컸다.

그런데 조장이라고 대무영이 덜컥 새로 들어왔으니 그가 곱게 보았을 리 없다.

어쨌든 대무영이 훌쩍 떠났으니까 강무교는 그토록 원하던 조장이 됐을 것이다.

대무영이 떠난다고 했을 때 몇 명이 동요하는 것을 북설은 똑똑히 봤다.

그들은 대무영을 따라가고 싶지만 강무교의 눈치를 보느라 감히 나서지 못했다.

"귀하가 형산일도풍 나운택을 꺾었는가?"

이번에는 세 명의 강호인 중에 도를 멘 자가 단도직입적으로 물었다.

진짜 강호인들은 말을 빙빙 에둘러서 하지 않는다. 그러는 걸 봐서도 북설은 이들이 결코 무명소졸은 아닐 것이라고 판단했다.

"그렇소."

"나운택에게서 명협증패를 뺏었는가?"

"아니오."

북설은 강호의 고수들이나 하는 전음입밀을 할 줄 모르기 때문에 대무영에게 어떻게 대처하라고 가르쳐 줄 수가 없어서 내심 답답했다.

그런데 그가 나운택에게서 명협중패를 뺏지 않았다고 부인하자 잘한다고 속으로 쾌재를 불렀다.

아무리 대무영이라고 해도 쟁쟁한 강호인 세 명을 상대하는 것은 무리다.

아니, 설사 어렵사리 이긴다고 해도 대무영이 부상을 당할 수도 있다. 그러니 피해갈 수만 있다면 그러는 편이 백번 좋은 일이다.

그런데 천진난만한 대무영은 자신의 상의를 들추면서 허리춤에 차고 있는 명협중패를 보여주기까지 했다. 정말 철딱서니 없는 짓이다.

"나는 가질 생각이 없었는데 그가 주었소."

'애구, 저 병신.'

북설은 속에서 천불이 나는 것을 겨우 참았다.

명협중패에 대한 확인이 끝난 세 강호인의 눈에 탐욕이 이글거렸다.

이어서 그들은 더 이상 말이 필요 없다는 듯 싸울 자세를 잡았다.

북설 앞쪽의 창을 든 자가 그녀를 보며 냉랭하게 물었다.

"그대도 협공할 것인가?"

그녀는 아무 말도 하지 않고 즉시 뒤로 물러섰다. 그녀는

목적을 정하다

비록 대무영하고 동행하고 있지만 이런 일에 휘말리고 싶지 않았다.

그녀가 쌍검을 뽑는 경우는 돈이 되는 일이거나 모욕을 당했을 때, 그리고 술 마시는 것을 방해 받았을 때다. 그렇더라도 상대를 봐가면서 싸운다.

지난번에 연지루에서 명협 나운택의 동료에게 덤벼든 것은 술에 취했기 때문이다.

술이 깨고 난 이후에 동료들에게 그때의 일을 자세히 듣고 그녀는 자신의 머리를 쥐어박으면서 미친년이라고 몹시 후회했다.

더구나 그녀는 자신이 세 명 중에 한 명하고 싸워도 전혀 승산이 없다는 것을 잘 알고 있다.

대무영은 흘러가는 상황을 보고 이들 세 명이 자신과 싸우려 한다는 것을 짐작했다.

또한 이들이 명협중패 운운하는 것을 보니 그것을 뺏으려는 것 같았다.

그는 명협중패 따위가 전혀 필요하지 않지만 일면식도 없는 자들에게 선선히 내줄 바보는 아니다.

더구나 이들이 명협중패를 뺏으려고 하는 데에는 반드시 이유가 있을 것이라고 생각했다.

그는 상의에 가려져 있는 허리춤의 명협중패를 툭툭 쳤다.

"이걸 왜 탐내는 것이오?"

세 명의 강호인은 어이없다는 표정을 지었다. 그리고는 한 명이 슬쩍 인상을 쓰면서 대꾸했다.

"몰라서 묻는가? 쟁천중패는 강호 최고의 명예이며 권력이다. 그러므로 쟁천십이류를 꺾고 그에 해당하는 쟁천중패를 쟁취하는 것이 당연하지 않은가?"

"그렇군."

대무영은 큰 걸 하나 배웠다. 그는 내친김에 하나 더 물어보았다.

"만약 내가 쟁천십이류의 천무라면 어떻겠소?"

'천무'는 쟁천십이류의 최고봉이다. 대무영은 그날 연지루에서 주고후가 쟁천십이류에 대해서 설명한 것을 똑똑히 기억하고 있다.

세 명의 강호인은 대무영의 말에 더 이상 강호의 예절을 차리지 않았다.

"미친놈! 강호에 천무는 단 한 사람뿐이다! 그런데 네가 어찌 천무가 될 수 있느냐?"

"그가 누구요?"

차창!

그러나 그들은 더 이상 말 상대를 해주지 않고 도검을 뽑았다. 도검과 창으로 대답을 대신하려는 것이다.

목적을 정하다 245

"우린 하북삼패(河北三覇)라고 한다. 명협 단목검객 대무영에게 결투를 청한다."

누가 시킨 것도 아니지만 쟁천중패를 지닌 사람을 상대로 싸울 때에는 자신의 신분을 밝히는 것이 언제부턴가 불문율처럼 돼버렸다.

강호에 대해서 어느 정도 견식이 있는 북설은 '하북삼패' 라는 별호를 듣고 얼굴을 찌푸렸다.

'젠장! 초장부터 하북삼패라니 재수 옴 붙었군.'

그녀가 알기로는 하북삼패는 하북성 동쪽 지방에서 제법 이름을 날리는 인물들이다.

그녀가 별호를 들어봤을 정도라면 하북삼패의 위명을 짐작할 수 있지 않겠는가. 하기야 명성도 없는 어설픈 자들이 명협중패를 노리겠는가.

'결투'라는 말에 대무영은 고개를 끄떡였다.

"좋소, 한번 싸워봅시다."

그는 누구든지 자신하고 싸우겠다고 하면 절대로 피하고 싶지 않았다.

그는 슬쩍 북설을 뒤돌아봤다가 그녀가 몹시 긴장하는 표정을 짓고 있자 이들 하북삼패가 꽤나 대단한 인물일 것이라고 생각했다. 그래서 문득 떠오르는 것이 있어서 하북삼패에게 물었다.

"그렇다면 당신들은 쟁천십이류의 열 번째인 패령이오?"

하북삼패는 어이없다는 표정을 지었다.

"왜 그렇게 생각하느냐?"

"당신들 별호에 '패' 자가 들어 있기 때문이오."

별호라는 것은 무엇을 어떻게 짓든 상관이 없다. 다만 남에게 비웃음을 당하지 않으면 된다.

만약 삼류무사나 별것도 아닌 인물이 '천', '신', '절대', '황' 같은 글자가 들어간 별호를 사용한다면 모든 사람이 배꼽을 쥐고 웃을 것이다.

그런 점에서 하북삼패라는 별호는 '패' 자가 들어가서 조금 과하다는 소리를 들어오던 터였다.

그런데 대무영이 제대로 그들의 약점을 건드린 것이다. 만약 그들이 쟁천십이류의 열 번째 서열인 '패령'이라면 무엇 때문에 열두 번째인 '명협'에게 결투를 신청하겠는가.

그렇기 때문에 대무영이 놀리는 것이라고 받아들였다.

대무영은 하북삼패의 표정이 일그러지자 무슨 뜻인지 몰라 다시 북설을 돌아보았다.

"죽어랏!"

사사삭!

순간 하북삼패 세 명이 호통을 치면서 전방과 좌우에서 득달같이 덮쳐왔다.

대무영은 북설을 뒤돌아보는 바람에 목검을 뽑을 기회를 놓쳐 버렸다.

하지만 당황하지 않고 맨손, 즉 백타(白打)로 싸우기로 마음먹었다.

실전에서 한 번도 백보신권을 사용해 보지 않아서 언젠가는 꼭 사용해 보고 싶기도 했던 참이다.

다섯 걸음쯤 뒤에 서 있던 북설은 하북삼패의 공격이 예상했던 것보다 더욱 거세고 지독한 살초(殺招)인 것을 보고 자신도 모르게 급히 뒤로 서너 걸음 더 물러서다가 등을 소의 콧잔등에 부딪치고 말았다.

그녀가 보기에 하북삼패의 수준은 오룡방의 무사들하고는 하늘과 땅 차이였다.

대무영은 눈을 깜빡거리지 않고 전방에서 검을 찔러오는 자를 쏘아보았다.

그는 좌우로 일일이 고개를 돌려서 직접 보지 않더라도 느낌과 소리만으로도 두 명의 공격을 눈으로 보는 것처럼 상세히 알 수가 있다.

쐐애액!

세 명의 도와 검, 창이 공격해 오는 각도가 제각기 다르고 또한 정확했다.

그 말은 세 자루 무기가 대무영의 신체 세 군데를 공격하고 있다는 뜻이다.

아주 찰나지간이지만 대무영이 보기에 하북삼패라는 인물들은 적도방의 무사들하고는 수준이 달랐다.

이들에 비하면 적수분타주 마궁효는 어린아이 수준이라고 할 수 있다.

그러나 그보다 더 중요한 것은 대무영에게는 이들 하북삼패의 공격이 어린아이들이 작대기를 휘두르면서 덤비는 것처럼 어설프게 보인다는 사실이다.

그는 하북삼패가 뭔가 다를 것이라는 생각에 조금은 긴장했으나 공격해 오는 것을 직접 보니 그럴 필요가 없다고 판단되었다.

그리고 못된 아이들이 작대기를 휘두르면서 덤비면 따끔하게 혼내줘야 한다고 생각했다.

싸움이란 상대가 공격을 하면 피하거나 막고 나서 즉시 반격하는 것이 보통인데, 대무영은 피하지 않고 오히려 하북삼패에게 부딪쳐 갔다.

그들의 느린 공격을 기다리는 것도 지루하고 허점이 뻔히 보이는데 가만히 있는 것도 예의가 아닌 것 같았다. 더구나 그의 수법은 모두 공격 수법이다.

그는 백보신권 제일초식 격공금룡(隔空擒龍)을 전개하여 보법을 밟으면서 오른쪽 창으로 그의 옆구리를 공격하는 자를 향해 상체를 쓰러뜨리는 것처럼 쇄도했다.

떵!

찔러오는 창대를 어깨로 슬쩍 밀치면서 대무영의 오른 주먹이 그자의 가슴팍에 꽂히자 깊은 우물 속에서 북을 두드리는 듯한 소리가 터졌다.

얼핏 보기에는 그의 주먹이 상대의 가슴에 적중된 것 같지만 사실은 가슴 한 뼘 앞에서 뚝 정지했다. 단지 주먹에서 뿜어진 기운이 가슴에 적중되면서 권인(拳印)을 찍은 것이다.

백보신권의 제일초식 격공금룡은 이름 그대로 격공, 즉 허공을 격하여 내공을 발출하는 수법이다.

대무영은 심법을 배운 적이 없기 때문에 단전에 내공을 축적하지 않았으나 팔 년여 동안 매화검법과 유운검법을 수련하면서도 틈틈이 백보신권을 연마했기에 내공하고는 상반되는 외공의 기운, 즉 외공기(外功氣)가 자연적으로 생성되어 있는 상태다.

그러나 백보신권을 발휘하는 근본이 심후한 내공이기 때문에 외공기로는 설혹 백보신권을 극성에 이르도록 연마하더라도 백보(百步)의 십분지 일인 십보(十步)를 달성하는 것조차 어려운 일이다.

창을 찔러오는 자의 가슴을 격공금룡수법으로 때리는 순간 다른 두 명의 공격은 이미 무위로 돌아갔다. 그리고 두 명은 옆문이 훤하게 열려 있었다.

 대무영의 보법이 약간 변하는가 싶더니 두 명에게 바람처럼 미끄러져 가며 백보신권 이초식 달마도인(達磨導刃)이 전개되었다.

 팡! 팡!

 그의 두 주먹이 눈에 보이지 않을 정도로 빠르게 뻗어 나가면서 방금 전하고는 또 다른 소리가 터졌다.

 그러나 그의 동작이 워낙 빨라서 첫 번째 격공금룡과 두 번째 달마도인 세 개의 음향이 거의 한순간에 터져 나온 것 같았다.

 "으왁!"

 그리고 세 마디 답답한 비명 소리는 세 명의 입에서 동시에 터졌다.

 대무영이 하북삼패에게 삼권을 적중시킨 것은 눈 한 번 깜빡거릴 사이에 끝나 버렸다. 그는 상체를 약간 숙인 채 두 무릎을 굽히고 왼쪽 주먹을 왼쪽으로 뻗은 자세를 취하고 있다가 천천히 몸을 폈다.

 처음 격공금룡수법으로 가슴을 얻어맞은 자는 관도 변의 숲을 향해 허공으로 날아가고 있는 중이었다.

 그리고 두 번째 달마도인수법에 복부와 옆구리를 맞은 두 명은 관도 땅바닥에 내동댕이쳐져서 팽이처럼 팽그르르 구르며 밀려가고 있었다.

"무영아, 밖에 무슨 일 있니?"

방금 전 비명 소리를 듣고 수레의 천막 안에서 아란이 졸린 듯한 목소리로 물었다.

"별일 아니에요."

대무영은 태연하게 대답하고는 어자석의 용구에게 출발하라는 손짓을 했다.

용구는 얼이 빠져 있다가 번쩍 정신을 차리고는 급히 수레를 출발시켰다.

그는 하북삼패의 출현에 매우 긴장했지만 대무영을 굳게 믿고 있었고, 결국 그의 믿음대로 끝났다.

그러나 북설은 대무영이 불리할지도 모른다고 조금쯤은 걱정했다.

이렇게 빨리 끝나 버릴 줄은 예상하지 못했다. 사실 그녀는 대무영이 어떤 동작으로 하북삼패를 물리쳤는지 보지 못했다.

그녀는 걸어가고 있는 대무영의 뒷모습을 보면서 새삼 그에 대해서 감탄을 금치 못했다.

덜거덕.

그녀는 수레가 출발하자 퍼뜩 정신을 차리고 하북삼패를 찾아보았다.

그녀는 숲으로 날아간 자와 관도 바닥에 내동댕이쳐진 자들을 재빨리 살피고 돌아와서 대무영과 나란히 걸었다.

"죽지 않았어."

대무영은 빙그레 미소 지었다.

"당연하지. 죽지 않을 정도로 때렸으니까."

"하지만 앞으로 몇 달 동안은 똥오줌도 가리지 못할 테고, 그 이후에는 강호를 떠나야만 할 거야. 말하자면 병신이 됐다는 거지."

조금 전에 하북삼패하고 싸울 때 대무영은 나름대로 주먹의 힘을 조절해서 그들이 잠시 혼절했다가 깨어날 수 있도록 했다.

그러나 북설의 말을 듣고는 앞으로 조금 더 조심해야겠다고 생각했다.

* * *

"혹시 귀하가 단목검객 대무영이오?"

대무영이 하북삼패를 병신으로 만들어놓고 다시 길을 가고 있는데 이번에는 근사한 외모의 검객이 앞을 가로막으며 물었다.

매우 예의가 바른 편인 그는 자신이 하남성 맹진현(孟津縣)

의 추명검(追命劍) 관호승(寬浩承)이라고 밝혔고, 명협중패를 원하므로 결투를 하자고 말했다.

 북설은 대무영에게 맹진현이 낙양 동북쪽 오십여 리 떨어진 곳에 있으며, 추명검은 하북삼패보다 더 이름이 알려진 강호인이라고 속삭여 주었다.

 대무영은 추명검이 중원 한복판인 낙양에서 매우 가까운 곳에 살기 때문에 굉장한 실력을 지니고 있을 것이라고 짐작했다.

 그래서 그와의 결투에 무당파의 유운검법을 전개하여 전력을 다했다.

 그 결과 목검을 한 차례 목에 맞은 추명검은 목뼈가 부러져서 즉사하고 말았다.

 물론 대무영은 추명검을 쓰러뜨리는 데 일 초식 이상 사용하지 않았다.

 그래서 대무영은 앞으로는 상대를 훨씬 더 살살 때려야겠다고 새삼 다짐했다.

*　　　*　　　*

 "북설, 천무가 누구지?"
 다시 길을 가다가 대무영이 불쑥 물었다.

아까 그가 하북삼패에게 '천무'라는 말을 꺼냈다가 그들이 노발대발한 이후부터 줄곧 천무가 누군지 궁금하게 여겨 왔다.

그렇게 묻고 쳐다보다가 대무영은 북설의 얼굴에 팽팽한 긴장이 떠오르는 것을 발견했다.

단지 천무가 누구냐고 물은 것만으로 강심장 북설의 표정이 그렇게 변하는 것을 보고 대무영은 더욱 진한 호기심을 느꼈다.

"그건… 흠!"

북설은 말을 하려다가 목이 잠겨서 헛기침을 한 후 말을 이었다.

"천무천인(天武天人) 독고천성(獨孤天成)이야."

"허어……."

대무영은 놀랍고도 어이없다는 표정을 지었다.

"왜?"

"별호와 이름에 '천'이 세 개나 들었어."

"그래서 강호에선 그를 '삼천성(三天成)', 또는 '대천인(大天人)'이라고 부르기도 해."

"삼천성과 대천인이라……."

대무영은 한동안 묵묵히 걸었다.

그의 옆얼굴을 쳐다본 북설은 그가 꿈을 꾸는 듯한 표정을 짓는 것을 발견하고는 문득 불길한 생각이 들었다.
'이 인간 설마……'
대무영이 천무천인 독고천성을 꺾는 것을 목표로 정할까 봐 북설은 조마조마했다.
그가 천무천인을 꺾을 가능성에 대해서 북설은 일 할, 아니, 일 푼도 없다고 장담한다.
그러나 그런 건 상관없다. 그가 천무천인을 꺾든지 지지고 볶든지 알 바가 아니다.
그녀의 목적은 오로지 대무영을 잘 이용해서 떼돈을 버는 것이다.
그런데 그가 얼토당토않게 그따위 목표를 정해 버리면 대관절 돈은 어떻게 번다는 말인가.
그렇지만 불길한 예감일수록 신기할 정도로 잘 적중한다. 지금이 바로 그렇다.
북설은 전방의 허공을 비스듬히 바라보는 대무영의 얼굴 가득 천진난만한 해맑은 표정이 가득 떠오른 것을 보고 얼굴이 일그러졌다.
"말하지 마."
"북설, 내 목표를 정했다."
"말하지 말라니까."
대무영의 귀에는 아무 소리도 들리지 않았다.

"내 목표는 천무천인을 꺾는 것이다."

"이런 젠장!"

그녀는 걸음을 멈추고 빽 악다구니를 썼다.

"도대체 왜 그래야 하는 건데?"

대무영의 얼굴이 더욱 천진난만해졌다.

"유명해지려고."

"고작 그것 때문에?"

그때부터 북설은 유명한 것보다 돈이 훨씬 더 좋다는 사실을 설명하기 위해서 쉬지 않고 나불거렸다.

하지만 대무영의 결심은 시간이 지날수록 더욱 확고하게 굳어졌다.

어쩌면 그는 무조건 북설이 주장하는 것에 반대로만 하면 그게 옳은 일이라고 믿기 시작했는지도 모른다.

그날 대무영 일행은 어둡기 전에 동관현이라는 곳에 도착하여 객잔에 들었다.

동관현은 오룡방의 전답을 강탈하려고 괴롭히던 동쪽의 철검보가 소재하고 있는 곳이지만 이제 대무영과 북설하고는 아무 상관이 없는 방파다.

대무영과 용구, 아란, 청향 가족이 둘러앉아서 식사를 할 때에도 북설은 밥을 먹는 둥 마는 둥 하며 생각에만 골몰해 있었다.

대무영은 청향에게는 '향 누나'라고, 그녀의 시부모에게는 아버지, 어머니라고 넉살 좋게 불렀다.

외톨이인 그가 그들을 가족이라고 생각하기 때문에 자연스럽게 부를 수 있었다.

하지만 청향 가족은 아무도 그를 동생이며 오빠, 삼촌, 아들로 인정하지 않았다. 아니, 못했다.

그가 아무리 넉살좋게 굴고 자세를 낮춰도 그를 하늘같은 은인으로 여기기 때문이다.

가족이 되는 일은 억지로 되는 것이 아니다. 그들이 대무영을 은인으로 여기고 있는 한 그는 그들의 가족이 되지는 못할 것이다.

그러나 반면에 아란은 그를 진심으로 친동생 그 이상으로 대해주었다.

그녀는 오랜 세월 동안 너무나 외로웠으며 비로소 정붙일 사람을 찾은 것이 분명했다.

탁!

"바로 그거다!"

그때 탁자 끄트머리에 앉아서 생각에 잠겨 있던 북설이 손바닥으로 탁자를 치며 외쳤다.

북설은 한창 식사를 하고 있는 대무영을 객잔 뒤뜰로 데리고, 아니, 끌고 나갔다.

"나는 조장의 목표, 그러니까 천무천인에게 도전하는 것을 지지할 거야."

북설은 흥분을 가라앉히려고 애쓰면서 말했으나 목소리는 흥분으로 떨렸다. 자신이 생각하기에도 너무나 기발한 발상을 했기 때문이다.

대무영은 그녀가 지지를 하든 하지 않든 전혀 상관이 없었다. 그녀는 그의 목표에 추호도 영향을 끼치지 못하기 때문이다.

"대신 내가 조장의 싸움 관리를 하게 해줘."

"싸움 관리?"

북설은 고개를 부러질 정도로 힘차게 끄떡였다.

"그래."

"무슨 싸움 관리?"

북설의 머릿속에서는 대단한 구상이 지금 이 순간에도 별처럼 반짝이며 발전하고 있었다.

"앞으로 조장이 싸우게 될 상대들을 내가 관리할 수 있도록 해줘."

북설의 밑도 끝도 없는 영문 모를 말에 대무영은 귀찮아지기 시작했다.

그리고 그는 화기애애한 가족이 있는 곳으로 빨리 돌아가서 식사를 마저 하고 싶어졌다.

"왜 그래야 하지?"

북설은 어떤 감언이설로도 이 순진하면서도 고지식한 조장을 속이거나 설득할 수 없다고 생각했다. 그의 동의를 얻으려면 무조건 솔직하게 말하는 것이 최선이라고 그녀는 이미 터득했다.

"돈을 벌려고,"

"그렇게 하면 돈을 벌 수 있나?"

"응."

대무영은 북설을 동료라고 생각한다. 그러므로 동료가 돈을 벌 수 있는 일에 가능한 협조하고 싶다.

"알았다."

북설은 뛸 듯이 기뻤으나 내색하지 않았다.

대무영은 손가락 하나를 세웠다.

"대신 조건이 하나 있다."

"뭐지?"

"내 말을 잘 들어야 한다."

북설은 미심쩍은 표정을 지었다.

"조장에게 복종하라는 거야?"

대무영은 쓸 만한 단어를 하나 배웠다.

"그래. 복종."

북설은 조금 전에 기뻐하는 내색을 하지 않은 것을 다행이라고 생각했다.

대무영에게 복종하라니, 하녀나 종도 아니고 그게 무슨 어쭙잖은 관계라는 말인가.

하지만 그녀가 아는 대무영은 대체로 무난한 사람이다. 그에게 복종한다고 해서 크게 해될 것은 없을 터이다.

"좋아, 복종할게."

거래가 성립됐다.

第十章
쌍명협(雙明俠)

대무영 일행은 화음현을 출발한 지 구 일째 정오 무렵에 낙양에 도착했다.

하북삼패와 추명검을 상대한 이후 또 다른 강호인과는 싸우지 않았다.

낙양은 대무영이 상상했던 것보다 훨씬 더 크고 번화했으며 수많은 사람들로 넘쳐났다.

대무영은 낙양에 들어서는 순간부터 화려한 성내를 구경하느라 정신이 없었다.

일행 중에서 예전에 낙양에 와본 적이 있는 사람은 용구와 북설뿐이었다.

일행은 도착하자마자 우선 남문인 장하문(長夏門) 근처의 삼층 객잔에 객방을 잡았다. 투숙객이 많아서 남은 객방 두 개를 겨우 얻을 수 있었다.

객방을 잡자마자 북설은 어디론가 온다 간다 말도 없이 사라져 버렸다.

긴 여행에 지친 노부모는 객방에서 쉬도록 하고, 아란은 용구더러 청향 자매와 아이들을 이끌고 낙양 구경을 시켜주라면서 은자를 닷 냥이나 쥐어주었다.

그러고 나서 그녀는 대무영을 데리고 성내를 돌아다니기 시작했다.

아란은 낙양에 와본 적이 없어서 지리를 모르지만 그것 말고는 정말 많은 것을 알고 있었다.

남편을 잃고 십여 년간 연지루를 혼자 운영하면서 그녀는 많은 경험을 했으며, 온갖 사람들을 만났고, 그 결과 처세술에 능해졌다.

대무영은 호위무사처럼 아란을 따라다니기만 했다. 아란은 성내를 이리저리 돌아다니면서 싸게 내놓은, 그러면서 장사가 잘되고 상태와 목이 좋은 주루를 발품을 팔아가면서 찾아다녔다.

그녀가 사람들을 상대하고 또 대화하면서 다루는 것을 보며 대무영은 감탄을 금치 못했다. 그가 보기에 그녀는 천하 어디에 데려다 놓아도 금세 적응하고 무엇이든지 잘해낼 능력이 있는 것 같았다.

결국 그녀는 두 시진을 돌아다닌 끝에 마음에 꼭 드는 주루를 발견할 수 있었다.

남문 장하문 밖 낙수(洛水) 강가 하남포구(河南浦口)라는 곳에 있는 주루인데 뒤쪽에 아담한 집과 마당, 창고 등이 딸려 있었다.

집 뒤쪽은 바로 낙수다. 뒷문을 열고 나가면 야트막한 언덕 아래에 맑고 거대한 낙수가 도도하게 흐르고 있다.

아란은 주루가 대로변에 있으며 포구에 인접해 있어서 장사가 잘될 것이라고 흡족해했다.

아란과 대무영이 보기에도 주루에는 일, 이 층 다 손님들이 꽉 차서 빈자리가 없을 정도다.

대무영은 주루 뒤편에 딸린 집이 너무나 마음에 들었다. 이 층이며, 방이 열 개나 있고 아담한 마당에다 뒤쪽으로는 낙수가 흐르고 있는, 꿈속에서나 봤을 법한 그림 같은 풍경이었다.

특히 그의 마음을 사로잡은 것은 창을 열면 낙수가 한눈에 펼쳐져 있다는 사실이다.

주루의 주인이 부른 가격은 주루와 집, 그리고 집 뒤 강가의 작은 배 두 척까지 일괄하여 은자 삼천오백 냥이며 한 푼도 깎을 수 없다고 선언했다.

그러나 아란은 홍정에 홍정을 거듭하여 무려 삼백 냥이나 깎아서 은자 삼천이백 냥에 낙찰을 봤다.

계약을 마친 아란과 대무영은 날아갈 듯한 기분으로 잡아놓은 객잔으로 향했다.

"아유, 나 아까 떨려서 죽는 줄 알았어."

나란히 걷고 있는 아란이 대무영의 손을 꼭 잡으며 비로소 열띤 목소리로 입을 열었다.

그녀의 손은 뜨거웠으며 땀으로 축축하게 젖어 있어서 그녀가 무척 긴장했다는 사실을 알 수 있었다.

"왜 떨려요?"

대무영을 바라보는 아란의 얼굴에 비로소 안도의 표정이 떠올랐다.

"은자 백오십 냥짜리 연지루를 운영하던 내가 삼천오백 냥짜리, 그것도 대도인 낙양의 주루를 계약하는데 그럼 안 떨리겠어?"

"하하, 그렇군요."

아란은 대무영의 팔을 두 팔로 잡고 가슴에 꼭 끌어안으며 행복한 표정을 지었다.

"고마워, 무영아. 나 정말 열심히 살 거야."

그녀의 터질 듯이 풍만한 젖가슴이 팔에 짓눌리며 느껴지자 대무영은 움찔했다.

그러나 그녀의 행복해하는 기분에 찬물을 끼얹을까 봐 뿌리치지는 못했다.

"나 정말 무영이의 친누나 같은 기분이 들어."

그녀는 보통 여자들보다 키가 조금 더 큰 편인데도 대무영의 어깨에도 미치지 못했다.

"나도 그래요."

아란은 어린아이처럼 마냥 들뜨고 행복한 표정으로 대무영에게 꼭 매달려서 걸어갔다.

대무영은 그녀가 아까 주루의 가격을 깎고 계약할 때 보여주었던 당찬 모습이 그 상황에 맞게 만들어낸 것이라는 사실을 알고 그녀가 대견스러우면서도 안쓰러워졌다.

"단목검객!"

그때 갑자기 대무영의 전방 오른쪽에서 마주 오던 한 명의 강호인이 놀란 표정으로 짧게 외쳤다.

한 자루 도를 메고 키가 구부정하게 큰 삼십대의 그자는 품속에서 잘 접은 종이를 꺼내 펼치더니 종이와 대무영을 번갈아 보면서 놀라는 표정을 지었다.

원래 낙양 대로에는 성민이 절반, 강호인이 절반일 정도로 많은 강호인이 활보하고 다니는데, 방금 그자의 외침에 주위에 오가던 수십 명의 강호인이 걸음을 멈추고 대무영을 쳐다보았다.

삭—

순간 대무영의 오른손이 보이지 않을 정도로 빠르게 뻗어나가 그자가 쥐고 있는 종이를 낚아챘다.

종이를 본 대무영은 어이없다는 듯 적잖이 놀라는 표정을 지었다.

그도 그럴 것이, 거기에는 대무영 자신의 얼굴이 그려져 있는 것이 아닌가.

또한 그림 옆에는 세로로 몇 줄의 글이 적혀 있는데 까막눈인 그는 알아보지 못했다.

"누나, 여기 뭐라고 적힌 겨예요?"

아란에게 종이를 보여주자 그녀는 눈을 동그랗게 뜨고 놀라워했다.

"왜 무영 동생의 전신(傳神:초상화)이 나돌아 다니는 거지? 무영이 너 무슨 나쁜 짓 한 적 있어?"

"그럴 리가 있겠어요?"

"그렇지? 그런데 여기에 적힌 것은……."

아란은 그림 옆에 적힌 글을 읽어보았다.

"네가 형산일도풍 나운택이라는 사람을 꺾고 새로운 명협이 됐으며, 너의 별호가 단목검객이고, 오룡방 단목조장의 신분이고, 한 자루 박달나무 목검을 지니고 다닌다고 적혀 있는데, 이게 다 뭐야?"

대무영은 어이없다는 듯 멍한 표정을 지었다. 어떻게 해서 자신의 모습을 그린 그림과 자신에 대해서 자세한 내용이 적힌 전신을 일면식도 없는 자가 지니고 있는 것인지 모를 일이다.

"단목검객, 나는 낙령현(洛寧縣)의 삭공도(削空刀) 홍연수(洪延壽)라고 하오. 귀하와 결투를… 앗!"

자신을 삭공도 홍연수라고 소개한 자는 결투라는 말을 하다가 나직한 비명을 터뜨렸다.

대무영이 번개같이 손을 뻗어서 그의 어깨를 힘껏 움켜잡았기 때문이다.

삭공도 홍연수는 어깨가 으스러지는 듯한 고통에 얼굴이 일그러지며 비지땀을 흘렸다.

"으으, 져, 졌소. 어깨를 놔주시오."

홍연수는 결투를 신청하려고 했는데 어이없게도 바로 패배를 시인할 수밖에 없었다. 아마도 그는 강호에 전례 없는 빠른 패배를 기록했을 것이다.

"이거 어디에서 났소?"

"으그그, 무림청(武林廳) 낙양본청(洛陽本廳) 옆 가게에서

사, 샀소."

"돈을 주고 샀다는 말이오?"

"그, 그렇소. 어서 어깨를… 으으……."

대무영은 어깨를 눠주고 진지한 얼굴로 물었다.

"무림청 낙양본청이 어디요?"

"으으… 이 길로 곧장 가면 되오."

홍연수는 간신히 그렇게 말하고는 어깨를 감싸 잡고 그 자리에 주저앉았다.

대무영은 크게 놀라고 있는 아란의 손을 잡고 홍연수가 가리킨 방향으로 빠르게 걷기 시작했다.

대무영 주위에는 많은 강호인이 모여서 그를 쳐다보고 있었으나 자신이 삭공도 홍연수보다 하수라고 생각하는 자들은 감히 덤빌 엄두를 내지 못하고 썰물처럼 양쪽으로 갈라지며 길을 터주었다.

삭공도 홍연수는 대무영이 낙양에 오는 길에 목뼈를 부러뜨려 죽였던 추명검 관호승보다 반 수 정도 고강한 인물로 알려져 있다.

대무영이 그를 순식간에 어깨를 잡아서 '졌다'는 소리가 나오게 했으니 어느 누가 덤비겠는가.

"멈추시오! 귀하와 결투를 하고 싶소!"

그런데도 강호인들 틈에서 큰 소리로 외치고는 빠르게 쏘아 나와 불쑥 대무영의 앞을 가로막으면서 결투를 신청하는 인물이 있었다.

그는 자신이 삭공도 홍연수보다 실력이 뛰어나다고 확신하는 자가 분명했다.

그러나 마음이 급한 대무영은 멈추지 않고 곧장 그 인물에게 정면으로 부딪칠 것처럼 다가갔다.

"멈추지 않으면 공격하겠소!"

창!

그자는 한마디 경고를 하고는 지체없이 어깨의 검을 뽑는 것과 동시에 일 장 앞으로 다가온 대무영에게 쇄도하면서 머리와 목, 심장을 노리고 찔러왔다.

슈슉!

과연 그의 검술은 대단해 보였다. 검광이 번뜩이면서 검첨이 셋으로 분산되어 대무영의 머리와 목, 심장을 향해 절묘하게 쏘아왔다.

툭.

딱!

"끅!"

그러나 대무영은 걸음을 조금도 늦추지 않고 곧장 걸어가면서 상체를 이리저리 슬쩍 흔들어 공격을 귓전과 목 옆으로 다 흘려보냈다.

눈을 똑바로 뜨고 있는 그에게는 상대의 공격이 손에 잡힐 듯이 죄다 보일 정도로 느리기 짝이 없었다.

그는 구태여 눈으로 보지 않고 파공음을 듣는 것만으로도 공격해 오는 방향과 각도를 정확하게 파악할 수 있다.

그는 계속 걸어가면서 상대의 반 장 앞까지 파고들어 오른손으로 상대의 가슴 한복판을 가볍게 쿡 찍었다.

"큭!"

그자가 짓밟힌 만두 터지는 소리를 내며 허공으로 날려가자 주위에서 누군가 놀란 목소리로 외쳤다.

"영풍검(英風劍)이 단목검객에게 당했다!"

"맙소사! 영풍검이 당하다니, 과연 명협 단목검객이다!"

주위에 있는 수십 명의 강호인은 웅성거리면서 놀라고 또 두려운 표정을 지었다.

대무영이 그들의 외치는 소리를 들으니 영풍검이 추명검이나 삭공검보다 조금 더 고강한데도 단목검객에서 맥없이 패했다는 것이다.

그러나 대무영은 그런 데는 별 관심이 없었다. 이름을 날리려면 그런 자들보다 명협 위의 고수, 즉 지금으로썬 공부(公夫)를 꺾어야만 한다.

명협으로도 이 난리인데 하물며 공부가 되면 더 이름을 떨치지 않겠는가.

하지만 지금 그에게 있어서 무엇보다도 중요한 일은 도대체 무림청 낙양본청이 무엇이며, 어째서 그곳 근처의 가게에서 자신의 상세한 신상명세가 적힌 전신 같은 것을 파느냐는 사실이다.

대무영이 영풍검을 꺾음으로써 더 이상 그의 앞을 가로막는 강호인은 없었다.

이곳에 있는 모두는 자신이 영풍검보다 하수라고 생각하는 모양이다.

대무영이 빠르게 걷는 바람에 아란은 전력으로 달릴 수밖에 없었다.

그는 아란이 숨이 차서 헐떡거리는 것을 보고 왼팔로 그녀의 가느다란 허리를 안고 번쩍 들어 올려서 더욱 빠르게 걸어갔다.

그 바람에 그녀는 두 발이 허공에 뜨자 깜짝 놀라 두 팔로 그의 허리를 꼭 껴안았다.

그때 대무영이 걸어가고 있는 앞쪽 강호인들 사이에서 탄성이 터져 나왔다.

"명협이다!"

"명협이 나타났다!"

그와 함께 사람들이 길을 쫙 터주었다.

그러자 자연스럽게 대무영이 걸어가는 앞쪽에는 한 명만

우뚝 선 채 남게 되었다.

그자는 중키에 멋들어진 청삼을 입었는데, 어깨에 메고 있는 도의 도파에 대무영의 목검에 묶인 것과 똑같은 명루가 묶여서 바람에 팔랑거렸다.

그는 누가 보더라도 명협에 어울리는 멋진 모습과 분위기를 풍기고 있었다.

대무영은 명협이라는 외침에 걸음을 늦추고 맞은편의 명협을 똑바로 주시하면서 성큼성큼 걸어갔다. 그의 행동은 조금도 두려워하지 않는 모습이다.

그런데 대무영이 다가갈수록 상대방 명협의 얼굴이 점점 일그러지는가 싶더니 느닷없이 마구 손사래를 치면서 옆으로 피하는 것이 아닌가.

"아, 아니오! 나는 명협이 아니오!"

그러더니 그자는 순식간에 군중 속으로 숨어버렸다. 그는 이른바 가짜 명협이었던 것이다.

평소에는 도파에 명루를 나풀거리고 다니면서 가짜 명협 행세를 하며 한껏 거드름을 피우다가 진짜 명협을 만나자 줄행랑을 쳐버린 것이다.

그는 낙양 대로 한복판에서 진짜 명협과 정면으로 부딪칠 것이라고는 예상하지 못했을 것이다.

대무영이 아란의 허리를 안고 다시 걸음을 빨리하려고 할 때 이번에는 세 명이 앞을 가로막고 섰다.

그들 중에 가운데 인물의 허리띠에 대무영과 같은 명루가 매달려 있다. 무기를 지니지 않았기 때문에 허리띠에 묶은 것 같았다.

"나는 백련산수(白蓮散手) 형이돈(形利敦)이라고 하오. 귀하와 대결하고 싶소."

걸음을 멈춘 대무영은 그가 진짜 명협이라는 것을 한눈에 알아보았다.

그에게서는 명협이었던 형산일도풍 나운택하고 비슷한 분위기가 물씬 풍겼다.

"당신은 명협이오?"

"그렇소."

백련산수 형이돈은 진중하게 고개를 끄떡였다.

"명협이면서 왜 나하고 싸우려는 것이오?"

대무영은 형이돈의 의중을 헤아릴 수가 없었다.

네모진 얼굴에 짧은 수염을 기른 위맹해 보이는 형이돈이 미간을 좁혔다.

"놀리는 것이오?"

다 알면서 왜 묻느냐는 뜻이다.

"아니오. 정말 몰라서 묻는 것이오."

대무영이 진지한 표정을 지었으나 형이돈은 믿으려고 하

지 않고 성큼 두 걸음을 앞으로 나섰다.

"어쨌든 나는 귀하의 명협증패를 원하오. 원컨대 대결을 피하지 마시오."

대무영은 원래 싸움을 피할 생각 따윈 눈곱만큼도 없다. 단지 명협이 어째서 같은 명협과 싸워서 명협증패를 뺏으려는 것인지 이유를 알고 싶을 뿐이다.

형이돈은 무기를 지니고 있지 않았기 때문에 대무영은 그가 권각술을 익혔을 것이라고 생각했다.

형이돈과 함께 있던 뒤쪽의 두 친구는 득의한 미소를 머금고 있었다.

그들은 형이돈이 패할 리가 없다고 확신하는 듯했다. 같은 명협을 상대로 그런 생각을 하고 있다면 형이돈은 강자가 틀림없을 것이다.

대무영은 조심스럽게 아란을 내려놓았다. 그녀는 사태의 심각성을 깨닫고는 걱정스런 표정으로 대무영을 바라보며 당부했다.

"무영아, 조심해."

그녀는 싸우지 말라는 말은 하지 않았다. 대무영이 자신의 목표를 말해주었기 때문에 그가 싸울 수밖에 없다는 사실을 잘 알고 있는 것이다.

그에게 싸우지 말라고 하는 것은 호랑이에게 사냥을 하지 말라는 것이나 다름없다.

대무영은 평소처럼 아란에게 빙그레 순박하고 친근한 미소를 지었다.

"알았어요, 란 누나."

형이돈이 싸울 자세를 잡는 것을 보면서 아란은 조심스럽게 뒷걸음쳐서 물러났다.

형이돈은 약간 구부린 오른발로 몸을 지탱하고 역시 살짝 구부린 왼발을 앞으로 뻗어 발끝으로만 땅을 딛고 있으며, 왼손을 쭉 길게 내밀어서 손등을 대무영 쪽으로 보이고 있는 기이한 자세를 취했다.

사실 그것은 강호에서 권각술로 일가를 이룬 노산형가(魯山形家)의 형가권(形家拳)의 기수식이며, 그는 노산형가 출신이었다.

대무영은 방심하지 않고 자신도 백보신권으로 상대하리라 마음먹었다.

백보신권에도 기수식이 있지만 그가 팔 년여 동안 익히면서 많이 변형시켰기 때문에 이제는 구태여 자세를 잡지 않아도 무단변각(無斷變角)으로 튀어 나간다.

타앗!

형이돈이 화살처럼 쏘아오면서 두 주먹을 날렸다.

슈슈슉!

순간 그의 주먹이 십여 개로 변하더니 대무영의 상체 십여 군데를 향해 십여 개의 백련꽃 꽃망울이 터지듯이 쏜살같이 흩어져 왔다.

그의 별호 백련산수는 주먹이 마치 백련꽃이 흩어져 쏘아가는 것 같다고 하여 얻어진 것이다.

대무영은 산에서 내려온 이후 이처럼 눈부시고 화려한 공격을 처음 보았기에 순간적으로 어떻게 대처해야 할지 멈칫했다.

퍼퍼퍼퍽!

어떻게 할 사이도 없이 잠깐 사이에 그는 얼굴과 가슴, 복부, 양쪽 어깨에 주먹 십여 대의 연타를 당했다.

순식간에 벌어진 일이다. 그가 하산한 이후 누군가에게 당하는 것은 처음이다.

쿵쿵.

그리고 주춤하며 뒤로 두 걸음 물러났다. 주먹이 얼굴 관자놀이를 때릴 때 본능적으로 얼굴을 뒤로 약간 물렸기 때문에 별 충격은 없었다.

또한 가슴이나 복부에 맞은 것도 솜방망이를 맞은 정도에 불과했다.

권각술을 익힌 자의 주먹이 그토록 위력이 없다는 사실이 뜻밖이었다. 대무영은 단지 힘에 의해서 뒤로 밀렸을 뿐이다.

쉬익!

형이돈은 승기를 잡았다고 판단했는지 더욱 거세게 두 번째 공격을 펼치며 덮쳐왔다.

예의 방금 백련꽃이 뿜어져 오는 듯한 공격인데 대무영은 그것이 단지 눈을 현란하게 만드는 것뿐이라는 사실을 한 번 당하고서 간파했다.

또한 형이돈의 주먹은 별 위력이 없기 때문에 추호도 두려워하지 않았다. 아니, 그는 애당초 두려움 같은 것을 아예 모른다.

그러나 사실 형이돈의 주먹은 차돌을 부수고 아름드리나무를 분지를 정도라는 사실을 대무영은 모르고 있었다.

위잉!

흩날리는 백련꽃하고는 달리 내지르는 대무영의 주먹은 단순하고 우직하다.

그리고 빛처럼 빨랐으며 주먹이 허공을 가르는 파공음이 고막을 먹먹하게 했다.

그의 주먹은 허공을 뒤덮은 채 쏘아오는 십여 개의 백련꽃을 짓뭉개서 흩날리며 꽂히듯이 뻗어 나갔다.

딱!

"으악!"

형이돈의 두 번째 열 송이 백련꽃은 중도에서 모조리 흩어지면서 그의 입에서 처절한 비명 소리가 터졌다.

"크으으……."

그는 오른팔을 축 늘어뜨린 채 신음을 흘리며 비틀비틀 쓰러질 듯이 뒤로 물러나다가 친구들이 붙잡아서야 겨우 멈추었다.

그의 얼굴은 고통으로 일그러졌으며 입에서는 연신 쥐어짜는 듯한 신음이 흘러나왔다.

"으으으… 으아아……."

형이돈의 주먹은 완전히 으스러져서 뼈가 튀어나오고 피투성이였다.

뿐만 아니라 팔뼈가 부러져서 팔꿈치로 날카로운 뼛조각이 튀어나왔으며, 팔꿈치 위쪽의 팔뼈도 어깨를 뚫고 반 뼘이나 튀어나온 상태에서 피를 뚝뚝 흘리고 있다. 아마 그는 평생 오른팔이 불구인 채 살아야 할 듯했다.

대무영의 주먹이 그의 오른손 주먹을 정통으로 가격한 결과인데 너무도 참혹했다.

저벅저벅.

대무영이 성큼성큼 다가오자 형이돈과 두 명의 친구는 기겁을 하며 뒤로 주춤주춤 물러났다.

"으으……."

형이돈은 대무영이 자신의 한 걸음 앞에 우뚝 멈추자 박살 나서 피투성이가 된 오른팔을 축 늘어뜨린 채 왼손으로 급히 품속을 뒤져 명협증패를 내밀었다.

대무영은 명협증패와 형이돈의 얼굴을 번갈아 쳐다보았다.

"패했으니 내 명협증패를 내놓겠소."

쟁천십이류가 결투에서 패하면 쟁천증패를 내놓는 것은 당연한 일이다.

사실 대무영은 무엇 때문에 명협이 또 하나의 명협증패를 원하는지에 대해서 형이돈에게 물으려고 했는데 겁에 질린 그는 대무영이 명협증패를 원한다고 판단하고 서둘러서 자진하여 내놓은 것이다.

대무영은 형이돈의 일그러진 얼굴을 쳐다보고는 그에게 묻는 것을 포기하고 대신 그의 손에서 명협증패를 낚아채서 돌아섰다.

그가 아란과 함께 다시 걷기 시작하자 주위의 강호인들이 환호성을 지르면서 외쳤다.

"와아! 쌍명협(雙命俠)이 탄생했다!"

"오오! 강호에 서른다섯 번째 쌍명협이 출현했다!"

대무영은 걸으면서 고개를 갸웃거렸다.

'쌍명협?'

그는 어쩌면 쌍명협이라는 것이 명협보다 더 명예로운 것일지도 모른다고 생각했다.

 대무영은 몰려드는 사람들이 귀찮아서 아란과 함께 골목으로 들어갔다가 이리저리 빙빙 돌아다닌 후에 다시 거리로 나섰다.
 무림청 낙양본청이라는 곳은 동절기에는 신시(申時:오후4시)에 문을 닫는다고 하여 대무영은 그곳에 들어가 보지는 못하였다.
 하지만 무림청 낙양본청 바로 옆 가게에서 궁금증을 풀 수 있었다.
 그 가게의 이름은 쟁천당(爭天堂)이며 쟁천십이류에 관한 모든 것을 돈으로 살 수 있는 곳이었다.
 새로운 쟁천십이류가 탄생하면 그 즉시 정보를 입수하여 초상화와 신상명세가 포함된 전신을 그려서 구리 돈 닷 냥에 팔기도 했다.
 질문은 하나에 구리 돈 한 냥이다. 그곳에서 대무영은 은자 한 냥, 즉 구리 돈 삼십 냥에 달하는 질문을 했으며 속 시원한 대답을 들을 수 있었다.
 우선 무림청이 무엇을 하는 곳인지를 알게 되었다.
 지금으로부터 백여 년 전의 강호는 몹시 침체되어 있었다. 그래서 강호의 부흥을 위하여 태산북두(泰山北斗)인 구파일방과 오대문파가 봉기하고 나섰다.

그들은 머리를 맞대고 오랫동안 궁리한 끝에 한 가지 기발한 방법을 탄생시켰다.

그것이 바로 쟁천십이류다. 강호에 몸담고 있는 전체를 열두 등급으로 분류하자는 것이다.

그러면 강호인들이 쟁천십이류가 되기 위해서 분투하고 노력할 것이며, 따라서 강호 전체가 새로운 도약의 기회를 맞이할 것이라는 생각이었다.

쟁천십이류에 대한 모든 것을 관장하는 곳으로 무림청이라는 것을 세웠다.

그리고 구파일방과 오대문파에서 장로를 한 명씩 선출하여 열다섯 명, 즉 무림십오숙(武林十五宿)을 무림청에 상주시키기로 했다.

최초에 쟁천십이류의 열두 등급 안에 들기 위해서는 무림십오숙이 기거하는 무림청에 등록하고 일정한 시험을 거쳐야 한다.

무림십오숙 중에서 무작위로 나선 한 명과 대결하여 단 일초식만 견딜 수 있으면 쟁천십이류의 최하위인 명협으로 인정되고, 무림청에서 발급하는 쟁천증패인 명협증패를 휴대하고 활보할 수 있다.

명협 위의 등급인 '공부'는 무림십오숙 중 한 명과 대결하여 삼 초식을 견뎌야 하고, 그 위인 '패령'은 오 초식, 후선(后仙)은 십 초식, 군주(君主)는 오십 초식, 존야(尊爺)는 백 초식을 겨루어야 각 등급의 쟁천증패가 발급된다.

명협에서 존야까지 여섯 등급을 쟁천하류(爭天下流)라 하고, 그 위 왕광(王光)에서부터 천무까지를 쟁천상류(爭天上流)라고 한다.

무림청에서 정한 것은 아니고 강호의 호사가들이 그렇게 이름을 붙인 것이다.

왜냐하면 쟁천십이류를 구분하는 것은 무림십오숙인데 그들이 쟁천상류의 최하위인 왕광에 속하기 때문이다. 그들을 기준으로 하여 하류와 상류로 나눈 것이다.

그러므로 강호인이 무림십오숙 한 명과 백중지세 무승부를 펼치면 왕광에 오를 수 있다.

왕광에서부터는 매우 어렵다. 그 위의 등급인 제우(帝于)는 무림십오숙 세 명의 합공에 백중지세를 이루어야 한다.

그 위 황도(皇道)는 다섯 명과 백중지세를 이루어야 하는데 말이 쉽지 그것은 거의 불가능에 가깝다.

무림십오숙은 구파일방과 오대문파의 장로들인데, 그 말은 그들이 강호 최고문파에서 다섯 손가락 안에 꼽히는 최고수라는 뜻이다.

그런 최고수 다섯 명과 백중지세를 이루는 것은 낙타가 바늘구멍으로 통과하는 것에 비견될 정도로 어렵다.

그런데도 불구하고 당금 강호에는 황도의 명패를 지니고 있는 인물이 삼십이 명이나 된다.

천하가 그토록 드넓으며 기인이사(奇人異士)가 모래알처럼 많다는 방증이다.

쟁천십이류 같은 것에 추호도 관심이 없는 은거기인들이 있을 것이라는 사실을 감안하면 천하가 얼마나 넓은지 짐작할 수 있을 것이다.

황도 위 등급인 신위(神位)는 무림십오숙의 열 명과 한꺼번에 대결을 벌여서 백중지세가 돼야만 한다.

그리고 쟁천십이류의 두 번째 등급이며 감히 천하에서 두 번째로 고강한 고수라고 해도 지나친 말이 아닌 절대(絶代)는 무림십오숙 열다섯 명하고 모두 싸워서 백중지세를 이루어야만 한다.

도대체 그게 가능한 일이냐고 할 수 있지만 가능한 일이다. 지난 백여 년 동안 강호에는 절대증패를 획득한 인물이 열다섯 명이나 등장했다.

바야흐로 천하제일인이라고 불러야 마땅한 쟁천십이류의 최고봉인 천무는 무림십오숙 열다섯 명 모두와 싸워야 하며 그들 모두를 다 격파해야만 한다.

지난 백여 년 동안 천무는 세 번 출현했다. 제일대 천무는 강호의 전설로 불리는 금검천무(金劍天武) 화무린(華武璘)이었다.

그는 사십여 년 동안 외로운 절대자의 자리를 지키다가 어느 날 강호에서 홀연히 사라졌다.

그에 대해서는 구구한 억측과 무수한 소문이 나돌았으나 지난 육십여 년 동안 단 한 번도 강호에 나타나지 않았으며 그를 봤다는 사람도 없었다.

제이대 천무는 그로부터 이십 년 후에 등장한 희대의 살인마 혈인천무(血刃天武) 장도명(張導明)이었다.

그는 무림청에서 천무에 오르기 위해 시험을 치르는 과정에서 무림십오숙 중에 열두 명을 처참하게 죽여 강호에 피의 서막을 열었다.

이후 그는 유일무이한 존재 천무로서 강호를 종횡하며 이십오 년 동안 무려 삼천여 명에 달하는 강호인을 죽여 강호 사상 최고, 최악의 살인마가 되었다.

그러나 그의 피의 살인 행각에 종언을 고한 인물이 나타났으니 그가 바로 제삼대 천무 천무천인(天武天人) 독고천성(獨孤天成)이다.

독고천성은 혈인천무를 추적한 끝에 안휘성 남단의 황산(黃山)에서 삼 주야 동안 치열한 대결을 벌여 마침내 혈인천무의 살인천하에 종지부를 찍었다.

쟁천십이류가 되려고 한다면 두 가지 방법이 있다. 하나는 무림청에서 적법한 절차를 거쳐서 시험을 치러 통과하는 것이고, 또 하나는 쟁천십이류와 직접 싸워서 이겨 쟁천중패를 취득하는 것이다.

강호인들은 첫 번째 방법보다는 후자를 선호하는 편이다.

무림청에서의 시험이 일 년에 단 두 번밖에 치르지 않는다는 것도 이유 중의 하나지만, 무림십오숙을 상대하는 것보다 쟁천십이류를 직접 상대하는 것이 수월하다고 생각하기 때문이다.

무림십오숙과의 시험은 오로지 정식적인 대결을 거쳐야 하지만, 쟁천십이류와 싸우면 온갖 수단과 방법을 다 동원해서 무조건 이기기만 하면 된다.

무림청은 천하 곳곳에 지청이 있으며 쟁천십이류 시험을 치르고자 하는 강호인은 지청에 등록을 하고 일 년에 두 번 시행하는 시험 당일 날 낙양본청으로 오면 된다.

또한 천하의 무림청 지청에서는 쟁천십이류의 누가 패해서 쟁천중패를 잃었으며 누가 승리하여 새로운 쟁천십이류에 등극했는지 조사, 또는 정보를 수집하여 낙양본청으로 속속 보낸다.

낙양본청만이 아니라 천하의 각 지청 근처 가게, 즉 쟁천당에서는 쟁천십이류에 대한 자세한 정보와 그들의 신상명세가 기록된 전신이 판매되고 있다.

그러면 쟁천십이류가 되기를 원하는 강호인은 그곳에서 전신을 구입하여 자신이 목표로 삼은 인물을 찾아가서 싸우면 되는 것이다.

第十一章
강호에 들어서다

잡아놓은 객잔의 객방 탁자에 대무영과 북설, 용구가 둘러앉아 있고, 피곤한 아란은 침상에서 네 활개를 편 채 한잠 깊이 들었다.

 대무영은 자신이 무림청 낙양본청 근처 가게 쟁천당에서 들은 얘기를 두 사람에게 해주었다.

 북설은 쟁천십이류에 대해서 꽤 알고 있는 편이지만 대무영이 말해준 내용 중에서 모르고 있던 것도 더러 있어서 고개를 끄떡이며 들었다.

 그러나 용구는 거의 모르는 내용들이어서 귀를 쫑긋 세우고 들으면서 틈틈이 놀라며 탄성을 연발했다.

설명이 끝난 후에 북설이 대무영을 보며 흐릿하게 미소 지으며 물었다.

"그걸 알고도 조장의 목표가 변하지 않았어?"

쟁천십이류가 엄청나다는 사실을 알고는 기가 질려서 천무가 되겠다는 목표를 포기하지 않았느냐는 뜻이다.

대무영은 싱긋 웃었다.

"더 활활 타오른다."

아무것도 모르는 용구는 의아한 표정을 지었다.

"대 형 목표가 무엇이오?"

북설이 코웃음을 쳤다.

"흥! 천무가 되는 거란다."

그녀는 감정을 거의 숨기지 않는다. 그렇다고 해도 대무영은 불쾌해하지 않았다.

그런 것보다는 솔직하지 않은 것이 더 문제라고 생각하기 때문이다.

"천무……."

용구는 아무 생각 없이 중얼거리다가 뒤늦게 그 말뜻을 깨닫고는 소스라치게 놀랐다.

"쟁천십이류의 천무 말이오?"

"그럼 천무를 만두가게에서 팔겠느냐?"

북설이 계속 비아냥거려도 용구는 신경 쓰지 않고 대무영을 보며 감탄했다.

"오오! 대단한 포부요. 나는 대 형이 언젠가 천무가 될 수 있을 것이라고 믿소."

"얼씨구?"

용구는 조금 전에 쟁천십이류에 대해서 들었으나 자신하고는 먼 세계의 일이라서 피부에 와서 닿지 않아 전혀 실감이 나지 않았다.

그래서 북설보다 쟁천십이류라는 것을 만만하게 생각하는지도 모른다.

그러나 그보다는 대무영에 대한 믿음이 더 크기 때문에 그가 언젠가는 반드시 천무가 될 것이라고 믿었다. 그는 대무영을 자신만의 영웅 정도로 생각하고 있었다.

"이거 용 형 하나 갖겠소?"

대무영은 노산형가의 백련산수 형이돈의 오른팔을 박살내고 받은 명협중패를 아무렇지도 않게 품속에서 꺼내 용구 앞 탁자에 내려놓았다.

탁!

반의 반 뼘 정도의 크기에 푸른색 둥근 동패 한가운데에 세로로 '命俠'이라고 새겨져 있으며, 오른쪽에는 '爭天十二流', 왼쪽에는 '武林太平'이라고 새겨진 명협중패다.

강호에 들어서다

"으왓!"

용구는 마치 독사라도 본 듯 화들짝 놀라며 그 바람에 앉은 채로 뒤로 물러나다가 자빠질 뻔했다.

"이, 이건 명협증패가 아니오?"

북설은 대무영에게 와락 인상을 썼다.

"조장 것을 주면 어떻게 해?"

"내 것은 여기 있다."

대무영은 상의를 들춰서 허리춤에 묶어놓은 자신의 명협증패를 내보였다.

"두 개라서 하나를 용 형에게 주려는 것이다."

그는 도무지 욕심이 없는 사람 같았다.

이번에는 북설과 용구가 똑같이 놀라서 자리를 박차고 벌떡 일어섰다.

"조장! 이거 어디에서 났어?"

북설은 또 하나의 명협증패가 불덩이라도 되는 듯 만지지도 못했다.

대무영은 마냥 느긋했다.

"백련산수 형이돈이라는 자가 주었다."

"백련산수……."

똑똑하고 경험이 많은 북설이지만 멀리 노산형가의 백련산수 형이돈까지는 알지 못했다.

하지만 대무영의 말을 듣고 어떻게 된 일인지 짐작하는 일은 어렵지 않았다.

"그자가 명협이었어?"

"그래."

"조장이 그자하고 싸워서 이긴 거야?"

대무영은 이제 더 이상 오룡방의 단목조장이 아닌데도 북설은 꼬박꼬박 조장이라고 불렀다.

"그자가 먼저 싸움을 걸었다."

"낙양 대로에서?"

"낙양 대로에서."

북설은 놀라면서도 기분이 점점 좋아져서 입이 벙긋벙긋 벌어졌다.

"그렇다면 조장은 이제 쌍명협이네?"

대무영은 아까부터 궁금하던 것을 물었다.

"쌍명협이 뭐지?"

북설은 기분이 좋아서 히죽거렸다.

"말 그대로 명협증패가 두 개 있으면 쌍명협이지."

그녀는 대무영이 용구에게 주겠다고 내놓은 명협증패를 만지작거리면서 물었다.

"조장, 강호에 명협이 모두 몇 명인지 알고 있어?"

"모른다."

대무영이 고개를 가로젓자 북설은 열 손가락을 펼쳤다가 두 개를 펼쳤다.

"정확하게 천이백오십팔 명이야."

대무영과 용구는 눈을 크게 떴다.

"그렇게 많으냐?"

"올해 하반기 무림청에서의 명협 시험에 통과한 사람까지 쳐서 무림청이 발표한 숫자가 천이백오십팔 명이야. 생각했던 것보다 많지?"

대무영은 조금 맥이 풀리는 듯한 표정을 지었다.

"내가 겨우 천이백오십팔 명 중에 하나라는 거로군."

북설은 손을 내저었다.

"그중에서 쌍명협은 서른다섯 명뿐이야. 그러니까 조장은 서른다섯 명 중에 하나지."

대무영은 여전히 심드렁했다.

"엎어치나 메어치나."

"그렇다고 기죽을 필요 없어."

그녀는 통 큰 사내처럼 가슴을 펴고 상체를 흔들면서 호탕하게 웃었다.

"하하하! 강호에는 대략 백만 명 정도의 고수와 무사가 있어! 엄청나지?"

대무영과 용구는 예상하지 못했던 엄청난 수에 크게 놀라는 표정을 지었다.

"그렇게 많아?"

"강호가 크게 백도(白道)와 흑도(黑道), 마도(魔道)로 나누어져 있다는 것은 알고 있지?"

대무영은 새로운 사실에 흥미로운 표정을 지으며 고개를 가로저었다.

"모른다."

"하여튼 백도는 정파(正派)를 말하는 것이고, 흑도는 사파(邪派), 마도는 말 그대로 마도야. 그들을 강호삼도(江湖三道)라고 해."

용구가 아는 체를 했다.

"표국(鏢局)과 무도관(武道館), 녹림(綠林)도 강호로 치는 것이오?"

"물론이지."

그녀는 말을 많이 해서 목이 타는지 스스로 잔에 술을 따르더니 단숨에 마셨다.

"백도, 즉 정파인들은 강호삼도만 강호라고 하는데 사실은 틀린 말이야. 권각술을 하고 무기를 지니고 다니면 누구라도 강호인이야. 조장은 그렇게 생각하지 않아?"

"네 말이 맞다."

"녹림에는 황하수로채(黃河水路寨)와 장강십팔채(長江十八

寨), 동정십팔채(洞庭十八寨), 하오문(下午門) 등에 속해 있는 자들이 수십만에 달하지."

용구는 입이 쩍 벌어졌다.

"그렇겠군요."

"하여튼 삼교구류(三敎九流)가 죄다 강호인이라고 보면 틀리지 않아."

"삼교구류가 뭐요?"

대무영이 묻고 싶은 것들을 용구가 연이어서 물었다. 그도 모르기 때문이다.

"이거 돈 받아야 되는 거 아냐?"

북설은 공짜로 설명해 주는 것이 못내 아깝다는 표정이다.

"삼교구류는 강호 전체를 구성하고 있는 조직을 말하는 것이다. 삼교는 불교, 도교, 유교 등 종교를 가리키고, 구류는 강호의 아홉 개 신분인데, 다시 상구류, 중구류, 하구류로 도합 스물일곱 개로 나뉜다. 그들 모두를 통틀어서 강호라고 하는 것이다."

그녀는 숨을 몰아쉬고 나서 상구류, 중구류, 하구류 스물일곱 개 신분에 대해서 장황하게 설명했다.

한동안 침묵이 흐르면서 술잔이 돌아갔다.

북설은 대무영의 눈치를 보면서 무엇인가를 말하려고 기

회를 엿보는 듯했다. 그러는 것은 전혀 평소의 그녀답지 않은 모습이다.

무림청 낙양본청에서 그런 굉장한 설명을 듣고 왔으면 기가 죽거나 아니면 심각하기라도 해야 하는데 대무영은 전혀 그렇지 않았다.

그는 마치 생각이 없는 사람처럼 용구하고 웃으면서 이런 저런 얘기를 하면서 술을 마시고 있었다.

"내가 대 형처럼 고강해질 수는 없지만, 일단 강호에 몸을 담은 이상 지금보다는 조금이라도 더 강해지고 싶소. 무슨 방법이 없겠소?"

용구가 울상을 지으면서 하소연하듯 말했다.

"내 방식을 배우고 싶소?"

대무영은 용구가 원하기만 하면 언제라도 가르쳐 주겠다는 듯이 시원시원하게 말했다.

용구는 펄쩍 뛰며 손사래를 쳤다.

"아이쿠! 그런 말 하지 마시오! 내가 대 형의 무예를 배우려면 평생이 걸려도 부족할 것이오!"

북설이 개밥의 도토리처럼 톡 끼어들었다.

"주제를 알긴 아는군."

용구는 북설의 비아냥거림에도 개의치 않았다. 그녀를 아예 없는 사람 취급했다.

"나는 고향 근처의 무도관에서 삼재검법(三才劍法)이라는 흔한 삼류검법을 십여 년 동안 연마하고 나서 강호로 나온 것이오. 비록 일천한 실력이지만 십여 년 동안이나 수련했던 삼재검법을 버리고 다른 무술을 배운다는 것은 생각할 수도 없소."

"그렇겠군."

"더구나 나는 아직 삼재검법마저도 완벽하게, 아니, 제대로 전개하지를 못하오."

대무영은 잠시 용구를 쳐다보다가 빙그레 미소 지었다.

"나는 삼재검법이 무엇인지 모르오. 그러나 필경 평범한 검술일 것이오."

"그, 그렇소."

용구는 얼굴을 붉혔다. 그도 그럴 것이, 삼재검법이란 시골구석의 어린아이들이라도 막대기를 갖고 장난을 치면서 초식 흉내를 낼 정도로 흔하디흔한 검술이다. 여북하면 육합권법(六合拳法)과 삼재검법은 개도 무서워하지 않는다는 말이 있겠는가.

대무영은 담담하게 말했다.

"내가 익힌 검법이 무엇일 것 같소?"

북설도 자신이 대무영에게 긴히 할 얘기가 있다는 사실을 잊어버리고 두 사람의 대화에 깊이 빠져들었다.

그녀는 대무영의 무술이 매우 고강하기 때문에 그가 배운 무예 역시 절학에 가까울 것이라고 짐작하고 있었다.

"글쎄… 잘 모르겠지만 필경 대단한 무예인 것만은 분명할 것이오."

"매화검법이오."

대무영은 태연하게 말했다.

"……."

북설과 용구 둘 다 멍한 표정을 지었다. 두 사람은 틀림없이 대무영이 거짓말을 하는 것이라고 생각했다.

하지만 그의 담담하면서도 진지한 모습을 보면 그것도 아닌 것 같았다.

아니, 두 사람은 대무영하고 오래 생활하지 않았지만 그가 거짓말을 하지 않는다는 사실을 잘 알고 있다.

"설마… 화산파의 매화검법을 말하는 것은 아니겠죠?"

"화산파의 매화검법이오."

"어떻게 그런……."

두 사람의 얼굴에 실망하는 기색이 역력했다.

삼재검법 정도는 아니더라도 매화검법 역시 강호에서 삼류검법이라고 혹평하는 하급의 검술이다.

그러므로 삼재검법과 매화검법은 거기에서 거기로 도토리 키 재기라고 할 수 있다.

북설은 적수분타와의 싸움에서 대무영 바로 뒤에서 그가 목검으로 적들을 제압하는 광경을 똑똑히 봤다.
　대무영의 목검은 단 한 차례도 헛손질을 하지 않았으며, 적의 무기와 맞부딪치지도 않았고, 보이지 않을 정도로 빠르게 적의 어깨만을 가격했다.
　그래서 그 당시 북설은 대무영이 대단한 검법을 배웠을 것이라고 나름대로 추측했었다.
　그런데 그것이 기껏 화산파의 매화검법이라니 환상과 기대감이 와르르 무너졌다.
　북설과 용구는 불신과 의구심이 하늘을 찌를 정도로 컸으나 꾹 참고 대무영의 다음 말을 기다렸다.
　"용 형은 십여 년 동안 수련하면서 삼재검법을 몇 번쯤 전개한 것 같소?"
　"몇 번이라니?"
　용구는 잠시 눈을 깜빡이며 생각했다. 십여 년 동안 삼재검법을 몇 번이나 전개하면서 수련했는지 일일이 세어보지 않아서 알 수가 없다.
　하지만 하루에 스무 번 이상 부지런히 수련했으니까 그것을 십 년으로 계산하면 대충 답이 나온다.
　"하루도 쉬지 않고 부지런히 수련하여 대략 칠만 번쯤 한 것 같소."

그는 자신이 삼재검법을 칠만 번이나 전개했다는 사실에 놀라워했다.

반면에 칠만 번이나 전개했으면서도 아직 이 모양 이 꼴이라는 것을 생각하니 비참한 기분이 들기도 했다.

또한 그따위 쓸모없는 삼재검법 같은 것은 당장 포기하고 싶은 마음이 굴뚝같아졌다.

"나는 매화검법을 이 년 동안 일억 번쯤 전개하면서 연마했소."

대무영은 자신이 하루에 매화검법을 몇 번이나 전개했는지 생각하고는 그것을 이 년으로 계산했다.

"몇 번이오?"

"몇 번이라고?"

용구와 북설이 똑같이 물었다. 자신들이 잘못 들었을 것이라고 생각한 것이다.

"일억 번이오."

그러나 절대 잘못 들은 것이 아니다. 대무영은 분명히 일억 번이라고 대답했다.

두 사람은 이번만큼은 대무영이 거짓말을 한 것이라고 생각했다.

용구가 삼재검법을 십여 년 동안 부지런히 칠만 번쯤 한 것을 대단히 많이 했다고 생각하는 북설이다. 그리고 용구 자신도 그렇게 생각했다.

그런데 대무영은 불과 이 년 동안 일억 번이나 매화검법을 전개했다니 도대체 칠만 번의 몇 배라는 말인가.

그러니 어찌 그것을 진실이라고 믿을 수 있겠는가. 사람인 이상 이 년여 만에 검법을 일억 번이나 전개할 수는 없다.

두 사람은 대무영을 빤히 쳐다보았다. 하지만 그는 담담한 표정으로 술을 마시고 있을 뿐 아무 말도 하지 않았다.

이번에도 두 사람은 대무영이 거짓말을 하지 않았을 것이라고 생각했다. 하지만 무턱대고 믿기에는 그가 말한 내용이 너무나 엄청났다.

지금 중요한 것은 대무영의 말을 믿느냐 믿지 않느냐는 것이다. 그것만 해결되면 그가 어째서 그토록 고강한지는 저절로 해결이 된다.

도대체 하나의 검술을 무려 일억 번이나 연마를 했는데 어찌 고강해지지 않을 수가 있겠는가.

그것은 이미 매화검법이 아니라 대무영 자신만의 검법, 즉 분신이 돼버린 것이다.

또한 일억 번이나 연마를 하면 최초의 매화검법은 사라지고 전혀 새로운 검술이 돼버렸을 터이다.

커다란 통나무를 깎고 깎아 일억 번이나 다듬었는데 통나무가 처음의 모습을 그대로 유지하고 있을 리가 없다.

그런 식이라면 용구의 삼재검법 통나무는 원형을 거의 유지하고 있다는 뜻이 된다.

"정말이야?"

대무영이 거짓말을 하지 않는다는 사실과, 지금 그의 표정을 보면 절대 거짓말이 아니라는 것을 알면서도 북설은 그렇게 묻고 있었다.

"그래."

대무영이 대답하고 나서 오랫동안 침묵이 흘렀다. 북설도 용구도 입을 열 수가 없었다.

이 년 동안 매화검법을 일억 번이나 전개하면서 수련했다는 말에 놀라면서도 가슴이 답답해졌기 때문이다.

북설은 칠 년여 동안, 용구는 십 년여 동안 검술을 연마했지만 검술을 전개한 횟수를 논한다면 십만 번을 넘기지 못할 것이다.

해답은 이미 나왔다. 검법, 아니, 무예를 익히는 데에는 달리 왕도(王道)가 없으며 부단한, 아니, 몸이 가루가 되도록 수련에 수련을 거듭하는 방법밖에 없다는 것이다.

"조장, 손 좀 보자."

문득 북설이 대무영의 커다란 손을 잡아 끌어당기더니 자세히 살폈다.

대무영의 손은 솥뚜껑처럼 커서 제법 길고 큰 손이라고 자부하는 북설보다 두 배 가까이 컸다.

그런데 북설은 그 손을 만지는 순간 쇳덩이 같다는 느낌을 받았다.

거칠고 굳은살이 박인 손이 아니라 보통 여느 손과 다름이 없었다.

그런데도 단단했다. 사람의 살이 아니라 쇠를 만지는 것 같은 느낌이다.

북설은 대무영의 손을 만지면서 그의 얼굴을 쳐다보며 어이없다는 표정을 지었다.

"매화검법을 일억 번 수련해서 고강해진 게 아니지? 또 다른 게 있는 거지?"

"어, 이거?"

대무영은 손을 빼서 빈 잔에 술을 따르며 대수롭지 않게 대꾸했다.

"권법 연마하다 보니까 이렇게 됐다."

"무슨 권법?"

"백보신권."

"……"

대무영은 별것 아니라는 듯 껄껄 웃었다.

"하하하! 주로 주먹이나 손바닥, 손가락으로 바위를 때리고 부수다 보니까 이렇게 됐다."

북설과 용구는 기가 질려 버렸다. 주먹과 손바닥, 심지어 손가락으로 바위를 부수다니, 그게 있을 법한 일인가 말이다.

화산파의 매화검법에 소림사의 백보신권까지 도대체 그는 얼마나 많은 무술을 배웠다는 말인가.

매화검법을 일억 번이나 전개하면서 수련했으면 백보신권도 그와 비슷한 방법으로 연마했을 것이 분명하다.

두 사람은 말문이 막혔다. 자꾸 자신들과 대무영이 비교가 돼서 한없이 초라해지고 비참한 기분마저 들었다.

"조장, 화산파 제자가 어떻게 소림사 무술을 배울 수 있는 거지? 말도 안 돼."

"하하! 난 화산파 제자도 아니고 소림사 제자도 무당파 제자도 아니다."

"무당파?"

"대 형, 무당파 무술도 배웠소?"

"그렇소. 유운검법이라고 아시오?"

"아, 아오."

북설과 용구 입에서 끙! 하는 신음이 흘러나왔다.

탁탁탁!

갑자기 북설이 손바닥으로 탁자를 두드리며 발끈 성질을 내듯 말했다.

"조장, 도대체 어떤 무공을 얼마나 어떻게 배웠는지 다 털

어놔 봐."

 대무영은 혼자 남아서 술을 마시다가 꽤 취기가 올라오자 쓰러져 잠이 들었다.
 북설과 용구는 객방에 없었다. 대무영이 혼자 술을 마시는 동안 객잔 뒤편 공터에서는 계속 칼바람 소리가 들려오고 있었다.
 대무영의 말에 충격을 받은 두 사람은 자신들이 무엇을 잘못했으며 뭐가 부족한지를 깨닫고 술을 마시다 말고 뒤뜰로 달려나가더니 그때부터 미친 듯이 검술 연마를 하고 있는 것이다.

*　　*　　*

 낙양에 도착한 지 열흘째 되는 날 대무영 일행은 낙양 남문 밖 하남포구의 주루로 이사를 했다.
 아란은 지난 아흐레 동안 주루와 뒤쪽 집에 대대적인 공사를 해서 전혀 새로운 주루와 집을 탄생시켰다.
 원래 주루는 일이 층 다 탁자를 놓았었는데 개조한 주루는 일 층은 그대로고 이 층은 절반은 탁자를 놓고 절반은 방을 만들었다.

또한 주루 뒤편의 낡은 살림집은 보수 공사를 했으며, 마당도 잘 정리했고, 밖에서 안이 들여다보이지 않도록 담을 높였다.

대무영은 낙수 강변 언덕에 서서 이제부터 자신들이 살게 될 집을 바라보았다.

그가 화산에서 내려온 지 이십이 일 만에 자신의 집을 갖게 되었다.

집도 그냥 집이 아니라 남들이 부러워할 만큼 번듯한 이층집에 아담한 마당과 강변에는 작은 두 척의 배까지 있다.

집만 있는 것이 아니다. 이제부터 장사를 하여 수입이 생길 멋진 주루까지 생겼으니 앞으로 의식주 걱정은 하지 않아도 될 터이다.

그러나 뭐니 뭐니 해도 대무영을 가장 흡족하게 하는 것은 가족이 생겼다는 것이다.

비록 피를 나눈 혈육은 아니지만 가난하고 외로운 사람들끼리 모여서 서로 의지하며 가족 이상의 화목함과 행복을 만들어갈 것이다.

낙수를 등지고 집과 그 너머의 근사한 주루를 바라보는 대무영은 이제껏 한 번도 느껴본 적이 없는 뿌듯한 기분에 사로잡혔다.

그는 오룡방에서 포상금으로 받은 은자 오천 냥에 대해서 욕심을 부리지 않았는데 그것이 이처럼 뿌듯한 만족감을 가져다주었다.

'어머니가 계셨더라면……'

숭산과 무당산, 화산에서 피나는 무예 수련을 하는 동안 한시도 잊은 적이 없던 모친이 이런 뿌듯한 순간에 생각나지 않을 리가 없다.

모친의 과거는 어땠는지 모르지만, 대무영의 기억으로 모친은 단 하루도 풍족했던 적이 없다.

젊은 여자 혼자서 아기를 낳아 키우는 것이 얼마나 고되고 힘들었을지 대무영은 짐작하는 것조차도 모친에게 죄스럽고 두려운 마음이 들었다.

모친과 지금 그가 바라보면서 뿌듯해하고 있는 이런 멋진 집에서 함께 살고 싶었다.

그렇지 않다. 만약 모친이 살아 있다면 대무영은 그녀 곁을 떠나지 않았을 테고, 무예를 배울 생각도 하지 않았을 것이다.

그러므로 모친과 함께 살고 있었다면 이런 일은 절대로 생기지 않았을 터이다.

"조장."

집 뒷문 밖으로 북설이 사내처럼 성큼성큼 걸어오더니 대무영 옆에 나란히 서서 집을 바라보았다.

"할 말이 있어."

대무영은 지금의 뿌듯한 기분을 깨고 싶지 않아서 그저 가볍게 고개만 끄떡였다.

"내가 조장의 싸움 관리를 한다고 말했지?"

대무영은 이번에도 고개만 끄떡였다.

"준비 다 됐어."

대무영은 집에서 시선을 거두고 북설을 쳐다보았지만 여전히 말은 하지 않았다.

"내일부터 내가 지정한 장소에서 내가 데리고 온 자하고 싸워줘."

대무영은 자신의 명협증패를 뺏으려고 싸움을 걸어오는 자들에 대해서 북설에게 일임했다.

"할 거지?"

무슨 꿍꿍이속인지 모르지만 그녀에게 맡겼으니 큰 잘못이 없는 한 그만두게 할 수는 없다.

"조장, 낙양에 온 첫날 거리에서 싸운 이후 한 번도 싸운 적 없지? 왜 그런지 알아?"

그러고 보니 정말 그랬다. 마지막 싸움이 열흘 전 낙양 대로에서 형이돈의 오른팔을 으스러뜨리고 명협증패를 받은 것이다.

탁!

"내가 다 막은 거야."

북설이 풍만한 제 가슴을 손바닥으로 치면서 의기양양한 표정을 지었다.

"앞으로 조장은 어수선하게 아무 때나 여기저기에서 싸우지 말고 딱 지정된 장소에서만 싸우면 돼."

그녀는 다시 한 번 물었다.

"할 거지?"

그것은 묻는 것이 아니라 확인이다.

"알았다."

대무영이 고개를 끄떡이자 그녀는 손으로 그의 등을 툭툭 두드리며 싱긋 웃었다.

"다 잘 될 거야."

『독보행』 2권에 계속…

이제부터 전자책은
이젠북

www.ezenbook.co.kr

새로운 세계가 열린다!

목정균 『비뢰도』 좌백 『천마군림』 수담옥 『자객전서』
용대운 『천마부』 월인 『무정철협』 임준욱 『붉은 해일』
진산 『하분, 용의 나라』 설봉 『도검무안』
천중화 『그레이트 원』

이름만 들어도 황홀할 정도의 별들의 향연!

이들의 "유료연재"가 시작됩니다!

검색창에 **이젠북** 을 쳐보세요! ▼ 🔍

渾沌諸神 천애협로

촌부 新무협 판타지 소설
FANTASTIC ORIENTAL HEROES

『우화등선』, 『화공도담』의 뒤를 잇는
작가 촌부의 또 하나의 도가 무협!

무림맹주(武林盟主), 아미파(峨嵋派) 장문인(掌門人),
군문제일검(軍門第一劍), 남궁세가(南宮勢家)의 안주인.

그들을 키워낸 어머니-
진무신모(眞武神母) 유월향(柳月香)!

어느 날, 그녀가 실종되는데……

"하, 할머니는 누구세요?"

무한삼진의 고아, 소량(少兩)에게 찾아온 기이한 인연.

세상과 함께 호흡을 나눌 수 있다면[天地同息]
천하의 이치를 모두 얻으리라[天下之理得]!

이제, 천하제일인과 그녀가 길러낸
마지막 자손의 이야기가 펼쳐진다!

Book Publishing CHUNGEORAM
WWW.chungeoram.com

원생 新무협 판타지 소설
FANTASTIC ORIENTAL HEROES

낭왕 귀도

**2012년 대미를 장식할 초대형 신인
원생의 진한 향기가 풍기는 무협 이야기!**

「낭왕 귀도」

전화(戰禍)의 틈바구니 속에서 형제는 노인을 만났고,
동생은 무인이, 형은 낭인이 되었다.

**"저 느림이… 빠름으로 이어질 때…
너희 형제의 한 목숨… 지킬 수… 있을……"**

무림의 가장 밑에 선 자, 낭인.
그들은 무공을 익혔으되, 무인이 아니고,
강호에 살면서도, 강호인이라 불리지 못한다.

**낭인으로 시작해 무림에 우뚝 선
한 남자의 이야기가 시작된다!**

Book Publishing CHUNGEORAM

유행이 아닌 자유추구
WWW.chungeoram.com

신풍기협 神風奇俠

FANTASTIC ORIENTAL HEROES

윤신현 新무협 판타지 소설

「수라검제」, 「태양전기」의 작가 윤신현
우직한 남자의 향기와 함께 돌아오다!

사부와 함께 떠났던 고향.
기다리는 친구들 곁으로 돌아온 강진혁은
사부의 유언을 지키기 위해 강호로 나선다.
반드시 돌아오겠다는 약속을 남기고.

"믿어라. 난 결코 허언을 하지 않는다."

무인으로 살 것인가, 무림인으로 살 것인가.
고민을 안고 나아가는 강진혁의 강호행!

**신의 바람이 불어와 무림에 닿을 때,
천하는 또 하나의 전설을 보게 되리라!**

Book Publishing CHUNGEORAM
WWW.chungeoram.com

장강삼협 長江三峽

조돈형 新무협 판타지 소설

『궁귀검신』, 『마도십병』, 『운룡쟁천』의
작가 **조돈형**
그가 장강의 사나이들과 함께 돌아왔다!

굽이쳐 흐르는 거대한 장강의 흐름 속에서
선혈처럼 피어나 유성처럼 지는 사내들의 향취!

장강삼협(長江三峽)!

하늘 아래 누구보다 올곧았던 아버지의 시신을 이끌고
고향으로 돌아온 유대웅을 기다리고 있던 것은
천오백 년의 시공을 뛰어넘은 패왕(霸王)의 무(武)와 검(劍)!

패왕칠검(霸王七劍)과 팔뢰진천(八雷振天)의 무위 아래
천하제일검(天下第一劍)으로 우뚝 설 한 소년의 일대기!

**장강의 수류는 대륙을 가로질러
이윽고 역사가 된다!**

Book Publishing CHUNGEORAM
www.chungeoram.com

Book Publishing CHUNGEORAM

가즈 나이트 R

이경영 판타지 장편 소설

이제는 그 전설조차 희미해진 옛 신계, 아스가르드.
그 멸망한 신계의 전사가 새로운 사명을 품고 다시금 인간들의 곁으로 내려온다.

렘런트라는 이름의 적들, 되살아나는 과거,
그리고 가치관의 차이.
그 모든 것들과 맞서 싸우려는 그녀 앞에 신은 단 한 사람의 전우를 내려준다.

그는 붉은 장발의, R의 이름을 가진 남자였다!

초대작 「가즈 나이트」의 부활!
신의 전사들의 새로운 싸움이 지금 시작된다!

Book Publishing CHUNGEORAM

유행이 아닌 자유추구 -
WWW.chungeoram.com

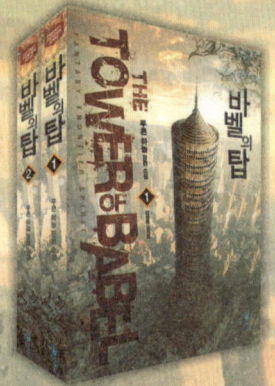

FUSION FANTASTIC STORY

STEEL ROAD 스틸로드

이영균 퓨전 판타지 소설

2012년 겨울!! 대륙의 핍박받던 이들을 향한 구원과 희망의 울림이 메아리친다!

「스틸로드」

사랑하는 아내와의 꿈과 같은 크루즈여행의 마지막 밤.
배는 난파를 당하고, 이계로 떨어진 준혁!

사략해적의 손길에서 살아남은 준혁은 아내를 찾기 위해
미지의 땅에서 영웅이 된다!

뜨거운 사막의 열기처럼! 악마의 달의 위엄처럼!
강철같은 심장을 가진 그의 행보가 시작된다!

신화를 쓰는 남자의 길을 주목하라!

Book Publishing CHUNGEORAM

유행이 아닌 자유추구 -
WWW.chungeoram.com